金子哲男
KANEKO Tetsuo

思い込みを超えて

—未進化脳の呟き—

文芸社

目次

プロローグ　13
相反することを1つの脳内に受け入れること　14
路上のわたし　18
わたしらの故郷：天の川銀河　22
原子の存在は否定的または肯定的？　25
「思い込み」を超えて　31
好奇心に支えられた脳の長期の活動　34
第1章　「思い込み」を超えて進む自由への道　39
(1)ゲノム解析が明かす「思い込み」を超えた先　40
遺伝現象とDNAの分子構造との特殊な関係　40
わたしの遺伝子　44
ルクレチウスの直観　46

学びから自律した脳の活動　50
(2) 非難されたサイエンス　52
有機水銀の生成を否定　52
多数派が支える「思い込み」が持つリスク　54
(3)「思い込み」から自由になることの難しさと自由になる価値　62
高温の物質から放たれる光がもたらしたもの：量子力学　62
光の速さの測定がもたらしたもの：相対性理論　66
予測不能な微粒子の不規則運動が示したこと：原子の実在　72
①原子同士の結合体としての分子　72
②原子の実在を拒絶する脳の活動に対して　77
③原子の実在に関する直接的根拠を得ること　78
④分子生物学への祈り　82
・パンデミック終息祈願　82
・ワクチン開発に寄与する分子生物学　85

第2章　無謀な計画こそがブレイクスルーを導く　87

（1）未知への好奇心と実益を求めること　88
（2）ブレイクスルーの実現を目指す無謀さの向こうに　90
ブレイクスルーの源としての拒絶されるアイディア　90
学んだことを超えるための自由　91
照らし出されていない未知の道　93
研究者本人にさえ見えない未知の道　95
見えない未知の道を探す試みへの非難　97
（3）ブレイクスルー達成がもたらすもの　99
智のブレイクスルーがもたらした途方もない魅力　99
パンデミックが気づかせたスーパーコンピュータの使い道　105
パンデミックが気づかせたブレイクスルーへの道　109

第3章　細胞の中で生命活動を支える超巨大分子　113

（1）DNAという巨大分子　114

DNAに操られている人間　114
DNA分子の情報とタンパク質分子合成とを結びつける巨大分子　117
（2）治療薬としてのmRNAの利用を求めて　121
mRNAという巨大分子　121
人工合成mRNA分子の分解されやすさ　123
サイエンスの情報とは　127
（3）mRNAワクチンの製造を可能にしたサイエンス　128
免疫反応を誘導しないmRNA分子　128
細胞内部で分解抑制されるmRNA分子　132
照らし出された道に気づけない脳　133
（4）mRNAワクチン製造を可能にした2005年の論文　135
ウリジンのスードウリジンへの変更について　135
（5）mRNAワクチンの成功が気づかせること　138
分子生物学に支えられた最先端テクノロジーへの認識　138

第4章　無症状感染者は病人ではないこと　145
パンデミックを抑制するための分析能力　146
ウイルスに対する「思い込み」から脳の活動を自由にすること　149
COVID-19からの教訓　155

第5章　細胞の活動はDNAに制御されるとは「思い込み」？　161
（1）エピジェネティックスに関わる現象　162
DNAのメチル化　162
DNAの囁きに抗う現象　168
エピジェネティックな現象に依存したがん増殖の抑制　171
次世代に引き継がれ得るDNAのメチル化状態の異常　174
（2）飢餓の経験が導くエピジェネティックな影響に対する長期継続的調査に基づく研究から　177
硬すぎて食べ物にならないダイヤモンド　177
例外なく生き物を苦しめる食糧危機とエピジェネティックス　184

食糧危機後の長期追跡研究が明かすエピジェネティックな変化　187
（3）食糧危機からの気づき　190
オランダでの食糧危機が明かすこと　190
人間に突きつけられていること　193
エピジェネティックな現象への理解　195

第6章　アグレッシブな意識からの自由を求めて　197

アミグダラ（扁桃体）の活動　198
アミグダラ（扁桃体）　200
ストレスホルモンの作用　202
戦うか逃げるか応答　208
アミグダラの異常な活動：不信、怒り、闘争心　210
アミグダラの活動を助長する大脳新皮質の肥大化は進化？　218
アミグダラの活性化から脳を自由にすることの価値　220
①望まれないアグレッシブな意識から脳に自由を許すこと　222

②高邁な精神、高邁な哲学を原因するオキシトーシンの作用　224
③オキシトーシンの作用がもたらすこと　226
④オキシトーシン合成を助長するオキシトーシンの作用　228

第7章　高邁な精神に制御された活動が導く競い合い　231

（1）攻撃性を鎮静化させる能力とエンターテインメント　232
高邁な精神に基づく競争の美　232
メダル数への関心を超えた先：文明の継続性　238
オキシトーシン分子の作用を届ける高邁な精神　240

（2）尊重し合う高邁な精神から託されている役割　245

第8章　地球という惑星上での文明の継続性維持への意志とは　247
シェアされなければならない惑星環境の有限性と「共有地の悲劇」　248
地球という惑星に与えているダメージ　254
ＩＰＣＣの指摘とノーベル賞選考委員会の決断　260

地球温暖化と異常気象：認識を脳に届ける取り組み　264
好奇心が気づかせる文明継続性維持への意志　272
①NASAの次世代宇宙望遠鏡（ジェイムズ・ウェッブ宇宙望遠鏡）　272
②ビッグ・バーンから始まった宇宙の形成　275
③宇宙空間は無重力ではない　279
④好奇心が導く生きる目的　282
⑤文明を支える惑星環境の安定的継続性　283

エピローグ

287
「思い込み」からどのように脳を自由にするか？　288
文明の安定的継続性の維持の自覚とエガリテ　290
人間の脳が直面する宿命を超えて　297
今日的テクノロジーの発展に寄与すること　299
熱力学第2法則からの要請　303

あとがき　思い込みを超えて未進化脳の呟き　314

プロローグ

相反することを1つの脳内に受け入れること

宇宙ステーションの内部の映像を見て、宇宙空間とは重力が存在しない空間なのだという解釈を脳の活動は21世紀の人間の脳に導くことを許しています。しかも、無重力という解釈を当然のこととして認識しながら人間の脳は万有引力の存在を鮮明な記憶として持っています。これらを裏付ける場面には、普通に出くわせるはずです。今日、人間の子供たちの脳にさえ、万有引力の存在とその作用が導く現象とについての鮮明な記憶が正しく納められています。万有引力の大きさFが$F=GmM/r^2$と表されることに加え、この表記中の各記号が持つ意味が、正しく記憶されていることさえ珍しいことではないです。無重力という解釈と万有引力に関する記憶とを1つの脳内に共存させることがきる脳の状態を多くの人間は自覚しているはずです。

太陽の周りを運動する地球を含む惑星の運動を説明するために、ニュートンが万有引力の存在に気づいたということ、また、万有引力の作用によって太陽系が形作られているということ、それらは人間の誰の脳にも納められている記憶です。太陽系を含む宇宙空間には、誰でも知る天の川銀河が数千億個の恒星を含み直径約10万光年にわたって広がっています。太陽を含め天の川銀河を構成する各恒星は銀河中心の周りの軌道上を毎秒約210から240キロメートル、1時間あたりではそれらの3600倍、というとんでもない高速度で公転運動しています。それにもかかわらず、太陽もその他の各恒星も天の川銀河の外に飛び去ることはありません。銀河の中心に向かう万有引力が、宇宙空間を運動している太陽にもその他の各恒星にも作用しているからです。各恒星に万有引力が作用し天の川銀河の形が維持されているのです。夜空を見上げれば今でさえ、古代エジプト人や古代中国人が見ていたものと同じような天の川を見ることができます。そのわけは、宇宙空間は重力作用が消えている場ではなく、それが働いている場になっているからです。この論理的結論は人間の誰の脳においても導けることです。

宇宙空間に存在している天体同士の間に作用している万有引力の存在は事実であるという理解を持ちながら、同時に宇宙ステーションの内部の映像を根拠として宇宙空間には重力作用は存在しないという解釈を脳に導いている状況を人間の脳は認識しています。その理解とその解釈が、相互に相反することがない2つの独立した確からしさとして処理できる特殊な能力が、人間の脳には備わっていることになります。人間が知的と考えている活動を行わせている脳、すなわち並外れて優れた批判能力を有する知的脳には、相反することになる2つのことを独立した2つのこととして処理する能力が備わっているのです。その能力が、相反する事柄同士を脳内に独立させたまま共存させておくことを許しているのです。相反する2つのことを相互に独立した確からしさとして、それらを共存させたまま受け入れることを許す能力は、優れた社会形成能力に違いありません。しかし、その能力は、重力場の実態が暗示している深い部分に横たわる本質、それを理解するために進み出そうとする意志を砕いてしまうことになります。無矛盾な理解を導こうとする意志を打ち砕こうとする脳の働きは、2つの認識の間に生じている矛盾を受け入れたまま維持できる能力によって支えられることになります。

人間の脳の活動の特徴は、矛盾した関係にある2つの解釈を独立したこととして矛盾の訂正なしに受け入れてしまうということだけに限って現れるのではありません。複数の事柄を相互に無関係な独立したこととして、左脳と右脳からなる一対の大脳半球の中に共存させたままにすることを許す能力が人間の脳にはあります。複数の事柄同士の間に存在する関係性への気づきに到達することを拒んだ状態のままにすることを許す能力が脳にはあるのです。その能力へ、脳の活動を支えている各ニューロンネットワークの構造が持つ個性は影響を及ぼしているはずです。その個性を平均化したような一般的な視点から、その能力がなぜ発現できるのか、またその能力の発現に何が関与しているのか、あるいはどのような脳の活動がその能力の発現を可能にさせているのか、などを分析し説明をつけようとする試みは哲学として見つけられることです。従って、その能力に対し既に深い理解を持っている人間がいます。もちろん。その理解とは独自に、複数の事柄同士の間に存在すべき関係性への気づきを拒ませた状態のまま受け入れる能力、複数の事柄を左脳と右脳からなる一対の大脳半球の中に関係性を持たさずに共存させた状態のままにすることを許す原因を生み出す能力、そのような能力を知る活動は可能です。わたしらとは異なる優れた脳を形作る幾つかのニューロンネットワークを活動させれば、それは実行できるはずだからです。

路上のわたし

わたしの名前はカウラ、野良猫の子として生まれ野良をやって既に3年が経ちます。何十万円もするショウウインドウの中の猫と違い、わたしはただの猫です。ただの命とショウウインドウの中の命とは基本的に価値が違うのだと強く言い張っていたある人間の青年が、わたしのテリトリーの中に住んでいました。その青年の主張に現れている人間の意識が気づかせることは、パンデミックで病院入院が認められず自宅療養扱いされる場合に象徴されるようなやり方で、人間同士が人間同士に対して気づかずに、ショウウインドウの中の存在と路上の存在とは同じでないというような値踏みを許しているということです。そのようなことをフランス政府が意識したかどうかは別として、犬や猫の売買を禁止する法律を2021年に議会で成立させました。人間同士が人間同士に対して気づかずにしている値踏み、そのようなことがない社会を実現し未来のために残していくことは、スポーツ競技をエンターテインメントとして見せる競技者の役割であり、それを残すことはジュゾランピック（クーベルタン男爵が使った言葉）の目的であると、公もCJOもCIOも競技者も言及していたことを思い出すことができます。公もCJOもCIOも競技者も言及していたレガシーは、値踏みのない平等な社会の達成とともにその状態の継続性の維持にあることになります。

わたしの毛色は1色ではないです。しかし、わたしは通常三毛と呼ばれるタイプの猫ではないです。身体は黒と茶を主体とするサビ色と呼ばれている複雑な毛色の毛で覆われています。受精卵から細胞分裂を何回繰り返したとしても各細胞は同じDNAを受け継いでいます。皮膚を構成する全ての細胞は、受精卵が受け継いだDNAと同じDNAを持っています。

しかし、同じDNAを受け継いでいてさえ、細胞には違いが現れることが許されるのです。わたしらの毛色は、メンデルの遺伝の法則には単純に従わない形態で細胞が増殖していることを意味しています。増殖する細胞内では父親由来のX染色体の発現か、あるいは母親由来のX染色体の発現か、いずれかのみの発現がランダムに許されるという現象が生じるのです。わたしらの毛色を決める皮膚の細胞でもそれが生じ、毛色に個性を生じさせているのです。わたしらの毛色の発現は、エピジェネティックスと呼ばれる現象と深く関わっています。

エピジェネティックスと呼ばれる現象は、わたしら猫に特有なことではなく、人間もエピジェネティックスとの係わりに関して例外ではありません。エピジェネティックスに関わる分子生物学的現象は、たとえ一卵性双生児であっても分子生物学的現象が関与して個性が生み出されるのです。クローン動物同士であってさえ、それぞれに個性が生み出されるのです。それらの個性が同じになる確率はあまりに小さすぎるため実質的にはゼロなのです。結果として宇宙に誰一人同じものは存在しないことになるのです。その個性的存在は宇宙でかけがえのないオンリーワンの存在なのです。猫も人間もどんな生物も皆それぞれにかけがえのないオンリーワンの存在なのです。

ジュゾランピックはその状況を人間が相互に確認し合い、それを尊重し合うためのフェスチバルであり、その重要なレガシーとは、互いを尊重し合える意識が高められた状態として形成されることです。アグレッシブに対立することや争うことに突き進む脳の活動を制御しフェアに振る舞うことを美徳とし、競技という活動を通し互いに尊重し合うことの重要性、そして互いにフェアに振る舞うことの重要性について人間が確認し合える機会をフェスチバルは提供しているのです。スポーツの高邁な精神に基づく振る舞いと思考を介して競技者は、フェスチバルで人間の脳に備わる美徳を立証して見せてくれます。人間の脳には、相互に尊重し合えることも互いをフェアに扱うこともできるポテンシャルがあることを立証することに、競技者の振る舞いと思考はフェスチバルを通して貢献しています。さらに、互いに尊重し合える意識、また、互いをフェアに扱う意識を高めることに貢献しているのです。なお、エピジェネティックスがもたらしている理解は、そのような活動が持つ分子生物学的な意義に気づかせてくれています。

今日のエピジェネティックスへの理解は、命が生まれた瞬間すなわち受精卵が形成されたときから遺伝子は環境から影響を受けていることを明らかにしています。受精卵を構成する各細胞内の遺伝子は、個々の細胞を取り巻く周囲の状態からさまざまな影響に晒されているのです。それには、細胞同士の間の相互作用を媒介する物質を介した生物学的影響、細胞を取り巻く化学組成の変化に依存した化学的影響、高エネルギー宇宙線と大気を構成する原子の原子核との衝突に起源があるミューオンやその他の放射線の影響などが含まれています。

わたしらの故郷：天の川銀河

天の川銀河を構成する星々の間の宇宙空間を飛び交う宇宙線の量は、均一ではなく、太陽系が天の川銀河のアームの中を運動している期間には増加し、アームの外を運動している期間には減少します。宇宙空間を飛び交う宇宙線の中には10兆電子ボルト以上の高エネルギーを持った陽子があります。ダイナマイトの爆発を導いている化学反応の各素反応から解放されるエネルギーは高々数電子ボルトでしかないという事実を考慮すると10兆電子ボルト以上というエネルギーの途方もない大きさを理解することは容易なはずです。そのような高エネルギーを持つ陽子が大気を構成する原子の原子核と衝突してパイ中間子が生み出され、そのパイ中間子が崩壊して1兆電子ボルト以上に達する高エネルギーのミューオンが生成されます。そのようなミューオンがひっきりなしに空から地上に向かって飛んできているため、それによって細胞内の遺伝子が傷つくことがあります。しかし、各細胞にはＤＮＡの修復機能が備わり、それにより遺伝子は正常な機能を取り戻せるようになっています。なお、ミューオンがひっきりなしに空から地上に向かって飛んできている事実への気づきは、火山のマグマだまりの透視画像、ピラミッドの透視画像、福島第一原子力発電所の炉心溶融した原子炉の透視画像などを得ることに貢献するテクノロジーの確立を許しています。

宇宙空間には、その中を飛び交い、個々の細胞も地球も常時透過している電気的に中性な粒子が多量に存在します。それは、物質との相互作用が極端に弱いため、遺伝子に与える影響も無視できます。宇宙の開びゃく初期にそのような弱い相互作用の特徴を示すようになった粒子は、電子ニュートリノ、ミューニュートリノ、そしてタウニュートリノ、これら3種類からなるニュートリノです。ニュートリノはわたしらの身体などないかのように透過していく存在であるという事実は、ニュートリノと物質との相互作用が無視できる程度に弱くなった宇宙の初期の状態に関わる情報を伴って飛び交っているということを意味します。それを今より効率的に観測できる手段が確立されれば、テクノロジーへの寄与はないとしても、とても大きな興味をサイエンスにもたらすはずです。

理論上の粒子にすぎませんが、陽子の数十倍の質量を持ち電気的に中性な粒子が、ダークマターの正体の候補の1つとして今日考えられています。2022年現在、その正体については確からしく理解できていません。しかし、ダークマター自体は、天の川銀河の形成を助けるだけの強さを持つ重力場が宇宙空間に生み出されるために天の川銀河を取り巻き存在していなければなりません。これは空想ではなく観測結果が示す事実です。その存在は、米国の天文学者ベラ・ルービン博士による銀河の回転速度に関する緻密な観測の結果から示されていることです。

ただし、わたしらの身体とダークマターとは重力を介した相互作用が主でありその他の相互作用は無視できるため、ダークマターそれ自体が遺伝子へ与える影響は今日的「思い込み」に従い無視できます。このような例外はありますが、遺伝子の働きは、遺伝子を取り巻く環境条件に対応して、後天的に変化させられているという事実が次々と明らかにされてきています。

原子の存在は否定的または肯定的？

そもそも、遺伝子の働きを変化させるエピジェネティックなメカニズムに気づくためには、歩まなければならない道があります。それは、元素の周期律表を脳に記憶として固定することを許すニューロンネットワークを脳内に形成するということに象徴される学びの活動のことではありません。その道は、脳に活動の自由を許し開かれたニューロンネットワークの活動を可能にし、原子の実在に関する気づきを助ける試みとそれを確認するための試みを実行していくことに関わる道のことです。電気エネルギーを使えば水を化学的に分解することができます。太陽光や風力や地熱から得られる電気エネルギーにより水を分解すれば燃料電池に利用できる水素と呼吸で体内に取り込まれる酸素とが得られます。しかし、水素も酸素もそれ以上化学的に分解できません。その事実を突き止め、水素を元素Hと表し酸素を元素Oと表したとしても、原子の実体を突き止めたことにはなりません。元素の周期律表の全てを正確に記憶し、さらに周期律表に関わる詳細な解釈を電子の量子力学に基づき正確に記憶しても原子の実体を突き止めたことになりません。また、各原子の中心に存在する原子核の安定性を説明する陽子と中性子の量子力学に基づく解釈を正確に記憶しても、陽子がuクォーク2つとdクォーク1つから構成され中性子がuクォーク1つとdクォーク2つから構成されていることを正確に記憶しても、原子の実体を突き止めたことにはなりません。もちろん、クォーク同士を繋ぎ止める強い相互作用を原因している理由を記憶したとしても同じことです。原子の実体を突き止めるための道は、遺伝子が何かに、人間の脳が気づくため必ず歩まなければならない道です。その道を通らない限り、遺伝子が何かに応えるための道を進むことはできません。

その道を歩むということは、複数の観察結果が示す事実を説明する合理的で矛盾がない論理を構築するための脳の活動を妨げる「思い込み」、その「思い込み」を生み出しているニューロンネットワークの活動から、脳内の他のニューロンネットワークの活動に自由を許す道を進むことです。ニューロンネットワークの活動に自由を許すということは、学んだことから自律した脳の働かせ方に従って歩むということです。

フランスの哲学者シモンドンのこだわりに従うとすれば、「思い込み」とは、ニューロンネットワークの活動を個体化させ脳の活動の自由度を失わせるということになります。ツボを押さえた「思い込み」であれば効果的思考を可能にします。しかし、ツボを外していると「思い込み」は、脳の活動から合理性も無矛盾な論理性も失わせます。

偶然の成り行きから作り込まれた「思い込み」、あるいは脳外部から届くある意図に依存して作り込まれた「思い込み」、あるいは脳自体の活動の結果として作り込まれた「思い込み」、そのような「思い込み」から脳を自由にし、開かれたニューロンネットワークの活動を実現し維持するということは、ブレイクスルーの達成のためだけでなく、惑星上に文明を継続的に維持していくためにも不可欠なことです。ジュゾランピックと競技者とには、その維持を助けることが役割として託されています。「思い込み」から脳を自由にし、開かれたニューロンネットワークの活動を実現することは、人間の活動と惑星環境の実態との関係を人間の脳自体が客観的に理解するために、そして人間やわたしらを含む全ての生き物が惑星の上で生き続けるために必要なことです。そのことへの気づきの機会を惑星上の各社会に暮らす人間それぞれに届け、その気づきを共有し合うことは、ジュゾランピックのレガシーとして重要な部分を占めています。

脳に形成された特殊な「思い込み」が原子の実在の受け入れを脳に拒ませてさえ、熱せられた物体から光が放たれる現象を知覚することはできます。その現象を利用して発熱電球を発明することは、原子の実在を否定してでさえできます。しかし、レーザー光という特別な光の存在を想像することは、原子の実在を否定した脳の状態を維持して行われる脳の活動から導かれることはありません。高温の物質が放つ光に対し、熱せられた物質を構成している原子から光が放出されていると見なす考えが、原子の実在を否定したままの脳の活動から生まれることはないからです。

マイクロチップは今日のテクノロジーにとり、かかすことができないものです。電気回路を構成する要素である抵抗機能、コンデンサー機能、コイル機能、2極真空管機能、および3極真空管機能の全てが、半導体物質からなる小さな基盤表面上に3次元的に構築された工業製品が、マイクロチップです。IBMの最初のコンピュータいわゆるエニヤックは、抵抗、コンデンサー、コイル、2極真空管、および3極真空管を用いて作られました。このコンピュータの製造は物質が原子から構成されていることを知らなくてさえ可能です。

しかし、半導体物質を用い電気回路を作成するためには、物質が原子から構成されている事実を無視して行うことはできません。もちろん、ＬＥＤと今日呼ばれている特殊な半導体物質からなるダイオードを発明するためにも物質が原子からなることを無視しては可能になりません。

20世紀の初頭、多数派を占める優れた脳の活動は原子の実在を否定していました。しかし、合理的説明は原子の実在を認めることから可能になるという立場をとる科学者はいました。光の放出に特別なプロセスの関与がある事実を論理的に導き出すことは、その立場に従う1人の科学者の脳の活動から達成されました。それは、エネルギーを余分に持った原子に光が当たったとき、当たった光と同じ色の光が波長を合わせて、その原子から放出されるという誘導的なプロセスのことです。原子に当たった光と同じ色の光が波長を合わせて放出される現象は、レーザー光をもたらす技術に応用され今日のテクノロジーの重要な部分を支えています。

物事に対する望ましい見方を導こうとする試みには、少なくとも自分自身の「思い込み」に批判的に向き合うことが必要です。その上で、より多くの事柄同士の間の関係を無矛盾で合理的に説明することを可能にする共通の因子は何かを見抜くための脳の活動が必要です。当然、それを計画的に効率的に遂行するということは、脳の活動の特性として不可能なことです。レーザー光を発生させる技術の開発を可能にしたサイエンスが、人間の脳に問いかけていることに気づくべきです。熱せられた物質からの光の放出には誘導的な光の放出が伴っていなければならないと判断させた脳の活動はどのようなものだったのか、その現象への気づきを導いた要因は何だったのかということです。

原子の実在を否定しながら、レーザー光を発生させるためのテクノロジーに関わるブレイクスルーを達成させることは不可能なことです。レーザー光に関わるブレイクスルーの達成は、光を原子から誘導的に放出させる特別なプロセスへの気づきに依存し、原子の実在の受け入れを拒む「思い込み」からの自由を脳に許し開かれたニューロンネットワークの活動を可能にしたことによって助けられたのです。ブレイクスルーとは、多数の合意の中から自然に導かれる計画として、しかも効率的に達成が可能な技術として、実現させることができることなのだという「思い込み」が、投資家や、会社や、公にあるならば、その「思い込み」から脳を自由にし、開かれたニューロンネットワークの活動を許すべきです。そうしない限り、ブレイクスルーの達成を助けることにはならないということに気づかなければなりません。

「思い込み」を超えて

絶縁体として用いられるようなセラミックスが、金属よりよく電気を通すことができる状態になる可能性があります。そのような予測を可能にする脳の活動は、学んだことから自由になれた脳によって許されることです。ドイツの物理学者・鉱物学者ベドノルツ博士がスイスの物理学者ミュラー博士のもとでの研究から、バリウム・ランタン・銅の酸化物からなるセラミックスが極低温下で電気抵抗ゼロになる現象を見出し、その結果をドイツの学術会議で発表しました。その学術会議で、結果が評価されることはありませんでした。そんな状況下で、ベドノルツ博士とミュラー博士は、バリウム・ランタン・銅の酸化物からなるセラミックスが絶対温度35K（ケルビン）の超低温下で電気抵抗ゼロの超伝導体になることを１９８６年に論文として発表しました。

その後、世界中の大学や研究所で追試の実験が行われ、誰によってもそれが確認されました。それが切っ掛けとなり、液体窒素の沸点77K（ケルビン）を超える温度でさえ超伝導体となるセラミックスが存在するかもしれないという期待が生まれ、その期待に従い研究が惑星上の各地で始まりました。その結果、100K（ケルビン）を超える温度でさえ超伝導体となる物質すなわち高温超伝導体が見出されてきたのです。高温超伝導体に関わるブレイクスルーの源泉は、たった2人の研究者にあったことを認めないわけにいきません。学びや経験からもたらされるセラミックスに関する記憶が導く「思い込み」から脳を何かの理由を頼りに自由にし、開かれたニューロンネットワークの活動を許さなければ、セラミックス超伝導物質に関わるブレイクスルーの達成はないです。

リニアモーターカーを浮上させる超伝導磁石のためや医療で用いるMRI画像診断のため必要な強力な磁場の発生には、線材として加工しやすいニオブ・チタン合金などの金属の超伝導体が主として用いられてきました。しかし、理化学研究所を含む研究チームが2017年に達成させた超伝導コイルの接合技術によって、液体窒素の沸点77K（ケルビン）でさえ超伝導性が現れるセラミックス超伝導体を線材として使用できる可能性が広げられました。液体窒素冷却で済むビスマス・ストロンチウム・カルシウム・銅の酸化物からなるセラミックス超伝導体を、送電時の電流ロスをなくす目的で、線材として利用することが可能になったわけです。事実、その線材の使用を鉄道会社が検討し始めたと2022年1月JR系の研究機関「鉄道総合技術研究所」が発表していました。

ネオジウム磁石表面での磁場の強度は約1テスラです。その強さの3倍に相当する3テスラに達する強い磁場の中に身体を置き断層像を観察するMRIがあります。そのようなMRIが、2021年現在、複数の病院において既に稼動しています。脳腫瘍などの患部における腫瘍と正常組織との位置関係の情報は、より強い磁場を用いたMRIの使用により、より解像度の高い画像としてもたらされます。強い磁場を用いたMRIの使用は、手術中リアルタイムで患部を観察しながら、精密かつ安全に腫瘍摘出手術が進められることを可能にしています。セラミックス超伝導体の線材により作り出されるより強い磁場はより精密な手術を可能にする状況を生み出しているのです。

今日、高温超伝導体と呼ばれるセラミックス超伝導体でも冷却しなければ超伝導現象は現れません。２０２０年10月の科学雑誌〝Nature〟には、２６７ギガパスカル（２・６３５百万気圧）という超高圧下で光照射し化学的に構造を変化させた水素・メタン・硫化水素の混合物系において、超伝導状態が温度２８７・７Ｋ（セッ氏15度）でさえ出現したことが報告されています。この現象は、超伝導が極低温下で生じる現象であるというこれまでの「思い込み」から脳を自由にし、開かれたニューロンネットワークの活動を求めてきています。

好奇心に支えられた脳の長期の活動

「思い込み」から得られるあらかじめの予測、その予測通りに何かが達成されるということ、そのようなことを、投資家も、会社も、公も、また多くの人間も、望んでいるという事実を、さまざまな報道を通していつでも確認することが可能です。テレビの液晶ディスプレイ上に映し出される映像にわたしがジャレついているとき、よく出くわす場面は「予測できない事態への直面に困惑させられる」と人間の知的な脳が苦言を訴えている場面です。

2021年以後、メッセンジャーRNAワクチン（mRNAワクチン）はCOVID-19のパンデミックから人間を守っています。mRNAワクチンの合成に象徴されるような何らかのブレイクスルーの達成を試みようとするとき、学びが可能にする模範解答に相当するものをその達成方法としてあらかじめ学んでおくというようなことはできません。従って、ブレイクスルーの達成を試みるとき、毎日の試みと予測通りにいかない結果とに常に向き合うことになります。そして、予測通りにいかない結果に対し分析し、事前の「思い込み」を変更する選択肢を考慮して予測し直すという活動に明け暮れする事態に例外なく脳は晒され続けます。

スポーツの高邁な精神に従う脳の活動には、争いと結びつく脳の活動を自律的に制御できるポテンシャルがあります。人間の脳にはそのような能力が備わっています。そのことを立証するため人間は2週間のフェスチバルを4年ごとに用意しています。惑星上の各地に暮らす人間がその能力を確認し合うことは、4年という準備期間を経て毎回できることになります。その期間と比較して、予測通りにいかない結果に対する分析と予測見直しという脳の活動に明け暮れする事態に脳が晒され続ける期間は、はるかに長いです。それが数十年にわたるケースも珍しくありません。場合によっては、生涯にわたって、望ましい結果が得られないこともあります。

そのような例の1つとして、アインシュタインが生涯にわたって取り組み続けた統一場理論があります。それは未だに完成していません。ただし、アインシュタインが仕向けた考え方はワインバーグとサラムにそれぞれ引き継がれ、弱い相互作用と電磁相互作用が統一的に扱われる理論が形作られ、さらに、それら2つに強い相互作用も加えた統一理論の形成は素粒子の標準モデルを完成させました。ただし、重力相互作用を含めた統一的理論の形成は2022年現在未達成です。

トポロジーの考え方に基づいた証明の達成を数学者に挑ませ続け、何人もの数学者に未完成の生涯を経験させたポアンカレ予想と呼ばれる未証明の命題がありました。ポアンカレ予想は「3次元空間の基本形は球やドーナツ型を含む8種類である」という数学者ウィリアム・サーストンによる幾何化予想に置き換えられました。その幾何化予想は数学者グリゴリー・ペレルマンによって微分幾何学に基づき証明され、ポアンカレ予想の数学的証明は2003年に達成されたことになります。素数の現れ方に関わる予想である「リーマン予想」と呼ばれる命題があります。数学者リーマンによって1859年に提起された「リーマン予想」は、一見無秩序な数列にしか見えない素数の現れ方が示す規則に関わる予想です。それは、163年を経過した今も数学的に証明されていません。この命題の証明には、多数の数学者に未完成の生涯を経験させ続けていることになります。

このようなケースで気づくべきことは、失敗、続いて分析、そして「思い込み」の見直しという一連の活動を繰り返す事態に、脳は、義務としてではなく未知への好奇心ゆえに晒され続けるということです。それは特別なことではありません。ブレイクスルーの達成を試みるとき、投資した資本に依存した利得が計画的には得られないという事態に直面することは特別なことではないです。そのような先読みができない事態への直面は、投資家にとっても、会社にとっても、公にとっても、専門家と呼ばれる多数の知的人間にとっても、受け入れられないことであるはずです。そのことを誰もが知っています。一方、「思い込み」から脳を自由にする試みを幾度となく繰り返しながら、その度ごとに開かれたニューロンネットワークの活動に助けられ、結果として達成されるブレイクスルー、それに備わる魅力は、計り知れないものです。誰もがそのことに気づいています。今日におけるその象徴的例が、短期間で量産が可能なｍＲＮＡワクチンです。

第1章　「思い込み」を超えて進む自由への道

(1) ゲノム解析が明かす「思い込み」を超えた先

遺伝現象とＤＮＡの分子構造との特殊な関係

人間の遺伝子の全体を含んでいるゲノムを構成する全塩基配列を解読するための作業は１９９０年から始まり、２００１年におおよそのドラフト配列が決定され、２００４年に全配列の確認作業が終了しました。人間のＤＮＡを構成する塩基の配列の全てが解読されたことを意味します。人間の全遺伝子に相当する情報は、22種類のＤＮＡ分子に、Ｘ染色体を構成するＤＮＡ分子とＹ染色体を構成するＤＮＡ分子とを加えた24種類のＤＮＡ分子によって保持されています。各細胞の核には24種類のＤＮＡ分子が存在しそれら24種類のＤＮＡ分子を構成する全塩基対の数は約31億に達します。それにもかかわらず、今日では、次世代ＤＮＡシークエンサーを用いることができるため、24種類のＤＮＡ分子によって保持された全遺伝子に対するゲノム解析を１日程度で完了することができます。このように進歩した解析技術は、米ジョンズ・ホプキンス大学のスティーブン・サルツバーグ教授らに、人間の遺伝子の種類数に対する精密な再評価を許し、２万１３０６種類になるという２０１８年９月23日の結果発表を可能にしました。

各ＤＮＡ分子は、細胞分裂期にだけクロモソームと呼ばれる棒状構造にコンパクトに折り畳まれます。通常時の各ＤＮＡ分子は、クロマチンと呼ばれる緩い折り畳み状態になっています。その状態が、遺伝子情報の読み取りを可能にしているわけです。ただし、約２万に及ぶ全ての種類の遺伝子が読み取り可能な状態にあるわけではありません。

例えば、がん遺伝子が読み取り可能では健康を維持し続けられません。この遺伝子の読み取りは封じられていなければなりません。逆に、がん抑制遺伝子は、常時読み取り可能な状態に維持され、がん細胞の発生を抑え込んでいるべきです。その他、新型コロナウイルスに感染したときは、ＣＯＶＩＤ‐19に対する免疫機能の発現に関与する遺伝子が読み取られるべきです。食べ物が消化器官に入ったときには、食べ物の分解そして吸収に関与する遺伝子が読み取られるべきです。消化器官の形成には、それに関わる遺伝子が読み取られるべきです。筋肉の特徴の発現には、それに関与する遺伝子が読み取られるべきです。

神経細胞の特徴の発現にはそれに関与する遺伝子が読み取られるべきです。全ての種類の遺伝子が同時に読み取り可能では、各組織における細胞の特徴の発現も各組織の機能の発現も許されません。実際には、どの遺伝子を使うかどの遺伝子の活動を停止させるかを決めるエピジェネティックな現象が細胞の特徴の発現に関与しています。そのため、筋肉で使われる遺伝子は、筋肉細胞の特異性の発現に寄与するものに限定され、約2万種類の遺伝子のうちの20パーセント程度と推定されています。

微生物、植物、あるいは動物、どの生物であっても、遺伝子は、生き物として活動するための基本情報です。紐状の巨大分子であるDNA分子中に並ぶ個々の塩基の順序としてその情報は保持されています。DNA分子を構成する塩基はアデニン分子A、シトシン分子C、グアニン分子G、およびチミン分子Tの4種類です。人間の場合、各細胞内には46本のDNA分子がありその長さの合計は約1・8メートルに達します。

人間のゲノムを構成する全塩基配列について解読ができたという状況は、合計約1・8メートルに達する紐状の巨大分子である46個のDNA分子を構成している個々の塩基に関し、それらの並ぶ順序が完全に決定されたことを意味します。それは、人間が生き物として活動するということが、「分子のレベル」では、どのようなことが生じていることになるのか、この問いを突き止めていくための道が開かれたことを意味します。

人間のゲノムに対する解析を短時間で済むことを可能にした次世代シークエンサーの性能向上の達成は、コンピュータの高速化が助けとなって、人間のゲノムの全体を構成する約31億の塩基対に関し配列の解読が、２０２２年現在、コスト10万円程度、分析期間24時間程度で済むようになっているのです。この解読費用の急激な低下には、ゲノムを構成する全塩基配列を解読するための分析方法の著しい改善も寄与しています。そのおかげで、既に人間を含め２００種類を超える生物のゲノム配列が解読されています。以前にはできない遺伝現象とＤＮＡの分子構造との特殊な関係に気づくことへの道や生きるという生命活動とＤＮＡの分子構造との特別な関係に気づくことへの道が開かれています。また、それらの関係への気づきは、進歩したスーパーコンピュータ技術の助けを借りて、生命進化の道筋の理解にも分子生物学的根拠に基づいた医療技術の確立にも貢献し始めています。それは、経験に依存した知識に由来する「思い込み」を導いているニューロンネットワークの活動から自由になり、分子生物学的理解に向かう道を人間が進めることを許しています。ゲノムの解析結果と分子生物学的な現象とに注意を向け続けさえすれば精密な医療技術の確立が達成される可能性を高めます。今日の状況はそのことを意味しています。

わたしの遺伝子

ゲノム解析の結果によれば、人間とチンパンジーとの間の遺伝子の類似性は、96パーセントに達しています。人間と牛との間の類似性は80パーセント、肉だけでなく卵でも厄介になっている鶏との類似性は60パーセントです。人間は自分たちの特異性や優位性を誇示したいでしょうが、遺伝子的には人間はわたしらと近い類縁関係にあります。なにしろ、人間とわたしら猫との間の類似性は90パーセントもあるのです。わたしを含め野良をやっているわたしの身内と人間は遺伝子的には10パーセントの違いしかないのです。

ところで、わたしには、5匹の兄弟がいます。ハーキュリ兄さん、ソフィー姉さん、妹のチョビー、弟のホピー、妹のクロピー。わたしらの母さんは、生まれて1～2ヶ月経ったばかりだった2018年の春から初夏に変わる頃、猫パンチによる爪で両目を傷つけられ、幼い兄弟とともに視力を失っていました。そんな状態で、わたしらのお婆さんに当たる母さんの母さんに咥えられぶっ壊れ脳の末裔が住む家の玄関先に幼い母さんは運ばれたのです。わたしらの母さんと兄弟はその末裔に介護され、おかげで兄弟は両目の視力を1ヶ月後には完全に回復させていました。しかし、わたしらの母さんの目は重症で、2ヶ月経っても回復しませんでした。幸い、夏の暑さが増す頃、右目の視力が戻ってきそうな兆しが現れました。左目は飛び出しそうなくらい腫れ上がっていたため、晴れは引いたものの、結局、視力は戻りませんでした。そんな母さんがわたしらを育ててくれたのです。

母さんの名前はミニョン、母さんの兄弟の名前はマイティー、マイティー叔父さんのテリトリーは半径1キロメートルに及びますが、ミニョン母さんのテリトリーはせいぜい半径数十メートルです。それでも、ミニョン母さんは生きるための味方として3～4人の方々からサポートを受けています。だから母さんは、わたしらのためにソーセイジパンやカレーパン、ときにはチーズのかけらを咥えてきてくれました。

ハンディーキャップを持つ母さんにはネズミを捕まえることはできません。そんな母さんから教わることはなかったけれど、わたしは今ネズミを捕まえることができます。わたしらの保護者の1人である例の末裔が犬のハンとの散歩でわたしのテリトリーの中に入ってきたとき、いつも世話になるからと捕まえて間もないネズミをプレゼントしようと咥えて出たら、嫌な顔をされてしまいました。それ以降、プレゼントするのをやめました。これは、末裔に対するわたしの1つの「思い込み」です。「思い込み」には必ず起源があります。その起源に気づきそれを分析すること、それは、「思い込み」から脳を自由にし、開かれたニューロンネットワークの活動を可能にする機会を得るための1つの手段になり得ます。

ルクレチウスの直観

「思い込み」を生み出しているニューロンネットワークの活動は、脳を一定方法に向かって活動させ続けることを可能にしています。ただし、どのような「思い込み」であるかに依存して、望ましい方向に向けても誤った方向に向けても、それは脳を活動させます。原子に関して、20世紀の初め、圧倒的大多数の科学者や哲学者は、それを仮説としては受け入れてもそれを実体として受け入れることに関しては否定していました。大多数の科学者や哲学者の脳を占有していた認識は、実態からかけ離れた方向に向かった「思い込み」ということになります。その「思い込み」によって占有された脳が、原子の実像をイメージすることや数多くの原子が運動している状況を実態としてイメージすること、それらを許すはずがありません。サイエンスや哲学を支えていた知的脳が抱いたその「思い込み」は脳の活動を望ましい方向に導かないと、今日であれば誰の脳でも合点がいくはずです。

20世紀の初め、人類が誇る圧倒的多数の知的脳が否定していた事実があったにもかかわらず、紀元前99年頃から紀元前55年にかけて生きた古代ローマの哲学者であり詩人のルクレチウスは優れた直観に従って世界を見ていました。その直観は、原子を実像として受け入れることを許すものです。世界は原子の集合体であり、運動する原子が集積ないし拡散することを介して全ての自然現象は説明できるということをルクレチウスの直観は示すものです。その直観は、物質の性質の説明を試みていたヨーロッパの科学者の脳に、仮説として受け入れられ、サイエンスの展開に貢献していたのです。

物理学者寺田寅彦は、『物の本質について』（樋口勝彦訳、岩波文庫）というルクレチウスの英語版の詩を読み、ルクレチウスの考える姿勢とその方法にこそサイエンスに取り組むための根本的な姿勢と方法が示されていると気づきました。原子は実在するものではなく便利な仮説にすぎないとして脳を活動させるほうが本質的であると思い込んでいた優れた科学者が多数を占めていた欧州での歴史的実情を、寺田寅彦は批判的に認識していました。寺田寅彦は、論理的合理性を考えずに多数派に従っても、また論理的合理性を考えずに権威に従っても、本質に近づくことは約束されないということを知っている科学者の1人でした。そのような物理学者寺田寅彦に、ルクレチウスの直観は脳の働かせ方はかくあるべきということを確信させたのです。

本質とは何かを見出そうと脳を活動させるとき、あらかじめ学べる模範解答などないことは言うまでもないことです。ただし、脳を活動させ続けているとヒントの存在に気づくことがあります。好奇心の起源に立ち返り考え方の分析を行い論理の組み立て直しを試みるような脳の活動をさせ続けていると、ヒントの存在に気づく確率が高まります。もちろん、そうしなければ、ヒントの存在に気づく確率は限りなくゼロに近いこと、むしろゼロであることに気づくべきです。そのようなヒントは、誰かの論文の中にあったり、何気ない研究者同士の会話の中にあったり、期待外れに思われた実験あるいは観測の結果の中にあったりもします。必要なヒントが、自分自身の脳自体が記憶としてあるいは理解として収納している情報の中にあることさえあります。自然現象に対し日々深い洞察を続けていた寺田寅彦にとっての気づきは、研究者が本質に近づこうと試みるときの重要なヒントはルクレチウスの詩の中に数多くころがっているということへの気づきだったのです。寺田寅彦の気づきは、寺田寅彦随筆集第二巻（岩波文庫）中の『ルクレチウスと科学』で確認することができます。

本質に向かう道は、物質の性質や物質の振る舞いに対するルクレチウスのような考え方に従って脳を活動させてこそ照らし出されるということに気づく必要があると寺田寅彦は指摘しています。本質に近づく道を照らし出す活動には、脳の働かせ方が深く結びついています。そのことを、ルクレチウスの詩から、寺田寅彦は再確認させられたのです。適当な事例が模範解答としてどこかにあるはずということを前提にした脳の働かせ方に強く依存した状態から脳を自由にし、開かれたニューロンネットワークの活動を許さない限り、智のブレイクスルーへの道は照らし出されないのです。そのことを随筆『ルクレチウスと科学』の中で、寺田寅彦は、人間たちに気づかせようとしています。

学びから自律した脳の活動

日常的体験が脳にもたらす多くのことは、ルクレチウスの直観からかけ離れたものです。そのことを理解することは容易なはずです。日常的に獲得しやすい認識としての「思い込み」を生み出しているニューロンネットワークの活動や既知の知識に培われた「思い込み」を生み出しているニューロンネットワークの活動から脳を自由にし、開かれたニューロンネットワークの活動を可能にすることはとても有益なことです。「思い込み」を生み出しているニューロンネットワークの活動から脳を自由にし、開かれたニューロンネットワークの活動を可能にすることは、観測結果に対応した合理的説明を可能にするイメージの形成へと向かうことを助けるはずです。そのようなイメージの形成へと向かうことを助ける「思い込み」に導かれて、原子の実像を本質的に認識しようとする試みを許す道の上を進むとき、その「思い込み」は望ましい方向に進むことを助ける例ということになります。

原子の実像に対する認識なしに原子を仮説として受け入れているだけでは、ＣＯＶＩＤ－19感染症への対処を可能にしているｍＲＮＡワクチン、それを開発することは不可能です。学びは「思い込み」を摺り込むプロセスであり、惑星環境の持続性、そして文明の持続性を守るために、それは重要な義務的意識の形成を助けてくれます。ただし、未知の現象や未経験の災害を含め経験したことがない事態に遭遇したとき、獲得した「思い込み」が足枷となることがあり得ます。獲得した「思い込み」を生み出しているニューロンネットワークの活動から脳を自由にし、開かれたニューロンネットワークの活動を許すことはいつでも重要なことです。たとえ同じ結論に達しようとも「思い込み」から脳を自由にすることは、あらゆる事態への対処の可能性を閉じずに済むのです。それにより、「思い込み」から自律してニューロンネットワークを活動させることができるわけです。獲得した「思い込み」から脳を自由にし、開かれたニューロンネットワークの活動を許すことができれば、現状の脳の状態からは知覚できない本質的な認識に向かって脳を活動させることが可能になるのです。

そもそも、集団に生まれる義務が導く「思い込み」は惨たらしい結果を省みることなく進む道を簡単に選択することさえ許すことになります。そのような「思い込み」から脳を自由にし、開かれたニューロンネットワークの活動を許すことができれば、現行の実態について公正に分析する活動を脳に導けるはずです。それは義務が原因する悲惨さを緩和する可能性を高めます。それは文明の継続性の維持になくてはならない脳の活動です。

（2）非難されたサイエンス

有機水銀の生成を否定

特別な理由が原因し偏った例のみを通して知識が培われることは珍しいことではないです。その知識が導いた「思い込み」を生み出しているニューロンネットワークの活動は事物の観察を不完全なものにし、都合のいい情報だけに着目させます。それによりその「思い込み」を補強することをします。このようなことをサイエンスがしたならば、そのサイエンスは非難されなければなりません。そのような不具合から大きな非難を導いたサイエンスの歴史をわたしは知っています。

その一例として、無機水銀からの有機水銀の生成を否定したサイエンスがあります。利得のため便利さのため快適さのために公や投資家を含む多くの人間から託され、アセトアルデヒドという分子を触媒と助触媒を用い効果的かつ効率的に化学合成することを、テクノロジーは完璧に達成させていました。そのテクノロジーは、アセトアルデヒドを原料として作られるさまざまな化学物質を生活の中で利用している全ての人間の望みに大きな貢献をし続けていました。そのテクノロジーは目的を完璧に達成させていたわけです。そのテクノロジーによって、投資家も、会社も、公も、社会も利得を得ていたわけです。しかし、サイエンスは哲学者によっても一般の人間それぞれによっても非難されなければなりませんでした。

ＣＯＶＩＤ-19パンデミック禍でウイルス拡散抑制のため検査分析能力は重要です。その検査分析能力に関し2021年秋の時点でさえ完全さが整わず問題視され非難されていました。それと同様に、工業廃水に対する当時の成分分析能力に関する不完全さは非難されるべき状態でした。分析に関するサイエンスの能力と分析に関わるサイエンスの姿勢が非難されるのです。正しい客観的判断を示せなかったサイエンスが非難されるのです。自然界の中で無機水銀から有機水銀が生成されることはないとして、有機水銀の生成を否定したサイエンスに基づいた誤った判断は、魚を食べていた人間を含め何匹ものわたしらの仲間を悲惨な状況に追い込んだのです。そのサイエンスは、水俣病の発生原因が有機水銀にあるということを否定することに大きな貢献をしていました。そのことを今日誰でも知ることができます。

多数派が支える「思い込み」が持つリスク

あるテクノロジーの成功がもたらした体験に基づく「思い込み」とか、特殊な社会的あるいは歴史的な成功体験に基づく「思い込み」とかが、一般性がない場合でも、多くの人間に支持される傾向を持ちます。そのような「思い込み」は、安定した社会的心理として多数派の中に維持されることになります。残念なことに、不適切さの可能性を認識していながら、一般性を伴わない特殊な「思い込み」に強く依存して脳を活動させる方法が、選択されてしまう傾向は否定できません。その「思い込み」への固執は、状況に応じたフレキシブルな合理的判断を脳に拒絶させます。そのような脳の活動が、人間の脳の特性であることを、哲学する者だけでなく多くの人間が知っているはずです。

合理的判断を拒絶するような脳の活動が維持され続ける状況は、第2次世界大戦中だけでなく戦後から今日に至まで、幾つもの例が見出されます。経験してきた幾つかの例からそれを確認できるはずです。例えば、地球温暖化の進行と対応、異常な大雨・大地震・大津波・噴火の発生と対応、パンデミックの発生と対応、重大事故の発生と対応、公害の発生と対応、バブル経済の異常な成長と対応、大きな会社の道徳的社会的役割の欠如と黙認、金融操作由来の危機の進行と対応、などです。

状況が明らかに異なってきていると誰の脳にも理解できる段階においてさえ、その前段階に下し続けた決断を支えていたニューロンネットワークの活動に有利になる解釈を、次々に直面する変化した状況に対して下す傾向を人間の脳は持ちます。しかも、その判断を支えている仮説や信念を実証する際には、それを支持する情報ばかりを集める傾向を導きます。「思い込み」は、そのような仮説や信念に対する反証となるような情報を無視またはは集めようとしない傾向を脳に導くことになります。「思い込み」の維持のために都合の悪い情報を無視したり、過小評価したりしてしまう結果を導いてしまうわけです。事態が明らかにおかしな状況を意味していても、それを認めず、むしろ正当化しようという判断となって現れるのです。

無機水銀からの有機水銀の生成を否定したサイエンスに見られる誤った判断は、その一例です。その誤った判断を支えた多数派の中に、サイエンスだけでなく、裁判所も、会社も、公も含まれます。ただし、重要な原料物質であるアセトアルデヒドの生産を望まない人間はいないため、その生産を可能にしたテクノロジーは副反応による有機水銀の発生を許したとしても人間が望む目的、社会として望む目的を完璧に果たしていたわけです。

とはいえ、社会として望む目的であるからといって、その判断が論理的にまたは合理的に問題なく許容されるとは限らないのです。残念なことに、それを理解していてさえ、望ましくない判断を人間の脳の活動は脳に選択させます。多数派とそれに支えられた義務とに従うということにより、戦争とか優生思想とかに関わるような無謀な決断に賛同してしまうことさえ珍しいことではありません。一層の利得の獲得、一層の便利さの追求、および一層の快適さの追求を支持する多数派の魅力的意見に従うという理由から、倫理的にも論理的にも不明瞭な決断に賛同してしまうことも珍しいことではありません。

アセトアルデヒドを原料として作られるさまざまな化学物質の使用は利得の獲得、便利さの追求、および快適さの追求を可能にするため、アセトアルデヒドの生産を可能にするテクノロジーの利用を勧める囁きは、多くの人間にとって受け入れられるものであるはずです。しかし、アセトアルデヒドの化学合成の過程で生じる極めて微量な副生成物質に関する分析能力は、主生産物質と無関係なため、たとえ求められるとしても、その能力の向上を望む人間が多数になることはないです。分析能力を向上されるためのニューロンネットワークの活動に、多数の人間の脳から関心が集まることはなく、当然、それを望む人間は少数派になります。微量な副生成物質の生体内での分子レベルでの振る舞いを分析できる能力を支持する人間も少数派になります。従って、化学合成過程で生じる有機水銀のような微量な副生成物質の生体内での振る舞いを見抜くための活動に関しては、少数の脳が支えざるを得ないわけです。とはいえ、分析能力の重要性を否定する人間は少ないはずです。

大気中のＣＯ２の増加の意味と気候変動との結びつきを理解することにも、分析能力を機能させるニューロンネットワークの活動は必要です。今日進行している大気中のＣＯ２の増加にかかわる人間の活動の寄与の重みは、それによって認識可能になります。しかし、その重みが、多数の脳の理解として支持されているわけではありません。使用しやすさを目的とするポータブルな原爆の開発を推進する動向があります。そこに現れているように、原水爆の使用禁止条約さえ多数の脳の理解として支持されているわけではない状況が現れています。それを使用することにためらいのなさを生み出す人間の脳の活動の源は分析されなければなりません。中性子線とガンマー線とからなる強い透過能力を持つ放射線の生体への影響、そして数百万度を超える超高温の発生が引き起こす現象がもたらす凄まじい熱線効果の影響、それらの影響を伴う原爆がもたらす結果への理解を各人間の脳が所持していてさえ、その使用を否定しない脳の働きが多数派を占めている状況がありますその状況が、優れた脳を持つと誇る人間が作る社会の一面を表しています。この状況も、この状況の改善の必要性も、この状況の改善の方法も、人間は知っているはずです。それゆえ、惑星上に文明を長続きさせるため、人間は人間の脳の活動の源を分析し、その状況を改善するための意志を社会に浸透させるべきです。その意志さえ持てれば、全てを望ましい道に向け進ませることを可能にするのです。

多数派へ同調することにこそ不安を避け期待する現状が維持されると結論づける意識だけが、本質に向かうことを困難にしているわけではありません。他の意識状態にも、それを困難にするものがあります。事態を精密かつ緻密に分析するという作業に対し煩わしさを脳に導く意識、種々の分析からもたらされる複数の結果と矛盾しない緻密な論理に基づき結論を導く作業に対し煩わしさを脳に導く意識、利得のためならば倫理的首尾一貫性を犠牲にしてさえ美徳があると結論づける意識、生じた結果の意味を分析し評価することに関し必然性はないとする意識、それらの意識を形作るニューロンネットワークの活動が関与するならば、そのとき、その活動は、本質に向かって最適な認識や適切な判断を行うことを妨げる方向に寄与します。そのニューロンネットワークの活動はその方向に寄与する「思い込み」を脳に定着させます。そのニューロンネットワークの活動は、本質は何かあるいは実体または実態は何かを見誤るリスクを高めることになります。そのニューロンネットワークの活動は、「惑星環境を変化させている活動」や「大気の循環や海洋の循環が変化している状況」へ対処することの必然性を否定するニューロンネットワークの活動を助けてしまうことになります。

ある技術の発明後の利用とそれによる利得の獲得との関係に関して、利得の獲得は恒久的なものでなく過渡的に許されるにすぎないという事実は、経済学者シュンペーターの指摘に従い誰にでもわかることです。人間自らの活動が判断に必要な条件自体を変化させています。意識形成に寄与する脳の活動を誘導するものと変化の実態との関係に関し分析することを怠り、条件の変化を見誤れば、利得獲得が許される過渡的な期間は短縮されざるを得なくなって当然です。まして、熱力学第2法則と惑星環境との関係に配慮しない技術へこだわるならば、利得獲得が許される過渡的な期間が技術面以外に倫理面からも短縮させられることになるはずです。

　そのような事情はあるものの、利得の獲得、快適さの追求、および便利さの追求は容易に煽られ、それらは多数派に支持されることになります。利得や快適さそして便利さを求める人為的要因は地球環境を変化させています。人間は自らの意識のために変化させている状況に対し、本質は何か、あるいは実体または実態は何かを見抜くことが文明を長続きさせるために求められています。ある時点まで許されてきた経験に由来する「思い込み」から脳を自由にし、人間の活動によって原因された状況の変化に対し開かれたニューロンネットワークの活動を許すことは、文明を長続きさせるために重要です。既に人間が気づき始めている通り、人間はそのための意志さえ持てば、文明を長続きさせる能力があるのです。

（3）「思い込み」から自由になることの難しさと自由になる価値

高温の物質から放たれる光がもたらしたもの：量子力学

高温に熱せられた物体から放たれる光をプリズムに通すと虹色の光のスペクトルが得られます。このスペクトルに対し、色ごとの強度分布を物理学的に説明しようという試みが19世紀の後半に行われていました。そのとき、科学者はそれを説明することに関し大きな困難に直面していました。それまでの学びが培った「思い込み」から脳を自由にし、脳を活動させることが求められているという状況に科学者自身が気づく必要がありました。そこに、困難の所在があったのです。観測された光のスペクトルに関する強度分布は、それまでとは異なる脳の活動方法をその説明のため要求していたのです。その光のスペクトルの強度分布を合理的に説明するためには、熱せられた物体から放たれる光はスペクトル中の異なる色ごとに特有なエネルギーを持つ光の粒子の集まりになっていると考えることが要求されていたのです。そのことに気づいたのはドイツの物理学者マックス・プランクです。その考え方は、特定の色の領域で最大強度に達するスペクトルの形を表す公式を合理的に説明でき、それは新しい物理学への道を照らし出しました。１９００年は人間がその新しい道に踏み出した年になります。

光それ自体が、異なる色ごとに特有なエネルギーを持つ光の粒子の集合体となっているとアインシュタインはより積極的に考える道に進み出しました。そして、マイナスに帯電した金属板に光を当てるとプラスに帯電した電極に向かって電子が放出される光電効果と呼ばれる現象に対する説明を達成させました。光電効果により放出される電子が持つ運動エネルギーは当てた光の色のみに依存し、光の強度には無関係であるという現象をアインシュタインは説明することに成功し論文として発表しました。それは１９０５年のことです。その成功は、アインシュタインにノーベル物理学賞をもたらしました。

19世紀末までに培われ続けてきた「思い込み」から脳の活動を自由にしたとき、開かれたニューロンネットワークの活動は、量子論の確立を許しました。そして、量子論から導かれた量子力学の形成は、光の性質や空間の性質を含め物質の本質や宇宙の始まりを数量的に具体的に考えることを可能にしました。

太陽が熱と光を宇宙空間に向け放ち続けることができる理由を人間に気づかせたのは、量子力学です。太陽の強い重力で太陽内部に閉じ込められた水素の原子核が核融合しヘリウムの原子核が形成されるとき放たれるエネルギーが熱として太陽を加熱していたのです。その結果、太陽は中心温度1570万度K（ケルビン）、そして表面温度5800度K（ケルビン）を維持しているわけです。太陽のように光を放つ星である恒星、その恒星内部でどのように元素が合成されているかを量子力学は理解できるようにしたのです。

さらに、量子力学は、空間の物理的性質に人間が気づく機会を与えました。わたしらを包み込んでいる空間であり、空気を構成する酸素O2分子と窒素N2分子との間の領域である空間、それ自体宇宙空間の一部の領域です。宇宙空間であり分子同士の間の領域である空間は空っぽで何もないというものではなかったのです。その空間こそが物質の起源なのです。そのことに気づくことは、「思い込み」から脳を自由にした結果として導かれた量子力学によって許されたのです。事実、巨大なエネルギーを空間の一点に相当する狭い領域に注ぎ込むことにより、理論的に予測され観測的には未知である素粒子を作り出す試みがスイスのジュネーブ郊外にある巨大加速器で日々行われています。ちなみに、ヒッグス粒子は２０１１年、そこで発見されました。

量子力学の形成は、今日的なテクノロジーの形成に大きな貢献をしています。半導体素子としてのマイクロチップの設計と製造、特殊な状態の光であるコヒーレントな光の光源としての半導体レーザー素子の設計と製造、超伝導現象の応用技術としての強磁場の利用、分子構造と分子の性質に関する理解、分子レベルから見た生命現象で重要な役割を果たしている水素結合とパイ電子結合系との協力関係に原因した挙動に関する理解、など、量子力学が貢献している分野の広さはとても広いものです。19世紀末までの学びが培ってきた「思い込み」から脳の活動を自由にできなければ、今日のテクノロジーの形成はあり得ません。今日においてさえ、今日的な「思い込み」から脳を自由にし、開かれたニューロンネットワークの活動を可能にし続けることは重要です。わたしらの活動の維持を許すと共に、人間が惑星環境の中に文明を維持し続けることを可能にするためにです。

光の速さの測定がもたらしたもの：相対性理論

太陽の周りを毎秒30キロメートルの速さで公転運動している惑星である地球は、人間を含めわたしら生き物全てを乗せることができる最も巨大で最も速い乗り物です。この惑星の上で惑星の運動方向に進む光の速さも惑星の運動とは反対向きに進む光の速さも、実験誤差の範囲内で、同じであるという事実を突き止めた精密な観測結果を１８８７年にマイケルソンとモーリーは論文として発表していました。本人たちの「思い込み」によれば「違い」は検出されるべきであったのです。マイケルソンとモーリーだけでなく多くの科学者たちが、「違い」を検出できない結果に対して合理的理由が見つからず、頭を悩ませていました。その結果を理解するためには、19世紀末までの学びが培った「思い込み」から脳を自由にし、開かれたニューロンネットワークの活動が必要だったのです。マイケルソンとモーリーが示した観測結果は、脳に対し新しい活動方法を要求していたのです。そのことに科学者も哲学者も気づく必要がありました。

観測結果が示すことは、光の速さは光が進む方向に向かって運動しながら測定しても、その反対方向に運動しながら測定しても同じ値であるということです。このことは、それまでの学びと経験とから導かれる「思い込み」から脳を自由にすることを科学者と哲学者に求めていたのです。すなわち、光の速さに関するその観測事実を受け入れるということは、どの運動体がどのような速さで運動をしようが運動の速さに依存せず共通の時間がどの運動体においても刻まれるという考え方が、精密なサイエンスを保証しないということを認めることだったのです。この事実はアインシュタインによって暴き出され、それは１９０５年に論文として発表されたのです。運動体同士の速さは運動体同士の相対的な関係として定まるため、各運動体で刻まれる時間は相対的な量になるということにアインシュタインは気づいたわけです。時間の刻まれ方が運動体同士の間の相対的な速さに依存するという結論は、それまでの学びが培ってきた「思い込み」との間に大きなギャップを発生させました。そのギャップの大きさは、圧倒的多数の科学者と哲学者に相対性理論を拒絶する根拠を与えました。

対流圏の厚さは約10キロメートルあり、対流圏の上部に存在する成層圏の厚さは約40キロメートルです。高エネルギーの宇宙線が大気を構成する原子あるいは分子と衝突することによりミューオンが生成されます。しかも大気圏の上層部でそれは生成されています。マイナスのミューオンは平均寿命2・2マイクロ秒で弱い相互作用が原因して電子、ミューニュートリノおよび反電子ニュートリノに崩壊します。プラスのミューオンは平均寿命2・2マイクロ秒で弱い相互作用が原因して陽電子、反ミューニュートリノおよび電子ニュートリノに崩壊します。大気圏の厚さは10キロメートルありますが、2・2マイクロ秒の間に光が進む距離は0・66キロメートルにすぎません。大気圏の上層部で生成したミューオンが10キロメートルある大気圏の厚みを越えて地表に到達するためには2・2マイクロ秒しかない平均寿命では短すぎます。ところが、空から降り注ぐミューオンを用いて火山のマグマだまりの透過映像を測定したりピラミッドの透過映像を測定したりできるように、平均寿命2・2マイクロ秒しかないはずのミューオンが地球表面まで到達しています。

大気層内の原子の原子核と高エネルギーの宇宙線との衝突により生成されるミューオンの速さは地表での観測によればほとんど光の速さに近いことがわかっています。従って、相対性理論に従い、地表からの観測に対しミューオンの寿命は著しく延びていなければなりません。多量のミューオンが生き延びて地表に降り注いでいる事実は、時刻が刻まれる速さが相対的な速さに依存するという相対性理論の正しさを示しているわけです。

相対性理論に備わる本質性への気づきは、相対性理論の要請を量子力学に融合させる試みを一部の科学者に行うことを決意させました。その試みは、電子、クォーク、ニュートリノ、などに代表される極微の世界での素粒子の振る舞いを理解するための道を相対性理論が照らし出しているという事実に人間を気づかせました。しかも、それは、空間と物質との間の関係に対する理解を深めることに寄与しました。空間の一点に見える狭い領域にエネルギーを供給するとその空間から粒子と反粒子が生み出されるのです。粒子である電子と反粒子である陽電子とが対生成される現象は、相対性理論の要請を量子力学に取り込むことを可能にする数学的処理を行った結果として予測されたのです。それを行った科学者は、英国の物理学者ディラックです。今日、その予測は観測され実験的に立証されています。空間は物質の単なる入れ物ではなく、空間は物質の一存在形態なのです。または、物質は空間の一形態だということもできます。空間を物質の入れ物であるとする「思い込み」は、相対性理論からの要請を量子力学に取り入れたことに基づいて、今日、完全に否定されたことになります。

オリオン座の近くに位置し、冬の夜空で一際明るいシリウスは、やや青みを帯びて白く輝いています。そのシリウスは、太陽と同程度の質量を持ち肉眼では見えない白色矮星と呼ばれる高密度の天体と互いに重力で引き合いながら運動しています。密度が1立方センチメートルあたり100万グラムに達するような高密度な天体である白色矮星が存在できる理由は、量子力学とともに相対性理論を用いなければ説明できません。平安時代の歌人藤原定家の日記「明月記」に昼間でさえ明るく輝いて見えていたという天体のことが記されています。その天体の残骸は、おうし座のかに星雲として知られています。その星雲の中心には、1秒間に約30回転し、直径20キロメートル足らずしかない小さな天体がありま す。その天体は中性子星であり、それは1立方センチメートルあたり10億トンに達する超高密度な天体です。回転するこの中性子星からは、0・033秒の周期で、電波からガンマー線に至るさまざまな種類の電磁波が放出され続けています。このような特殊な天体である中性子星が存在できる理由は、量子力学とともに重力を考慮に入れた相対性理論を用いなければ説明できません。

重力を考慮に入れた相対性理論は、量子力学からの要請を考慮することによって、太陽のように光を放つ星である恒星のうち特に巨大な星の内部での元素合成のさまや星自体の進化のさまを理解することを可能にしています。また、それはビッグ・バーンに始まる宇宙の進化を理解することも可能にしています。ただし、重力を考慮に入れた相対性理論の枠内に数学的に馴染む量子力学を確立することに関しては２０２２年現在成功していません。

これまでの成功体験が支えている多数派の脳の内部に浸透している「思い込み」から脳を自由にして、開かれた活動をニューロンネットワークにさせる試みには価値があります。脳を自由にし、開かれたニューロンネットワークの活動を許すことから智のブレイクスルーである相対性理論は導かれたという事実に気づくべきです。人間やわたしらを含む全ての生き物の生活の継続性を維持すること、惑星環境の安定的継続性を維持すること、そして文明の安定的継続性を維持すること、それらは、「思い込み」から脳を自由にしてニューロンネットワークに開かれた活動をさせることに依存していることなのです。

予測不能な微粒子の不規則運動が示したこと：原子の実在

①原子同士の結合体としての分子

窒素分子Ｎ２や酸素分子Ｏ２より軽く地球の重力から逃れやすく大気中で高い位置に上昇しやすい水分子Ｈ２Ｏは、水素原子２つと酸素分子１つから形作られた小さな分子です。一方、巨大分子であるｍＲＮＡ（メッセンジャーＲＮＡ）分子はさまざまな大きさのものが細胞内で作られています。人間の場合、１０００塩基を超えるものがｍＲＮＡ分子全種類のうちの80パーセント以上を占めていることが分かっています。４種類ある核酸塩基の分子中で最も小さい分子であるシトシン分子は炭素原子４つ、窒素原子３つ、酸素原子１つ、および水素原子５つから形成されています。１０００塩基を超える核酸塩基分子が結合し形成されたｍＲＮＡ分子がいかに大きい分子か認識することは、今日の人間の脳には容易なはずです。

20世紀の初めまでは、原子は現象を説明するための優れた考え方であるがそれは仮説にすぎないとされ、原子の実在は圧倒的多数の優れた脳によって否定され続けていました。そんな状況の中でも、一握りの科学者の脳には、その実在を受け入れることにこだわり続ける根拠がありました。そして、その実在を確認していくため、難しい道に踏み出す試みをし続けていたのです。

１８１１年には既に、イタリアの化学者アメデオ・アボガドロは、同じ体積で同じ圧力と同じ温度を持つ気体は、ＣＯ２であっても酸素Ｏ２であっても種類に関わらず同じ数の分子を含むべきであるという考えに達していました。その54年後に当たる１８６５年には、オーストリアの物理学者ヨハン・ロシュミットは、酸素分子Ｏ２と窒素分子Ｎ２との混合気体である空気に対して、分子の平均的な直径を推定していました。分子を構成する原子の実在を脳が受け入れるために必要な間接的証拠は揃い始めていました。

気体を膨張しないように閉じ込めたときの比熱である定容比熱とその気体の熱伝導率との間を数量的に関係づけることができます。そのことに着目すれば、運動する分子の平均の速さが温度の平方根に比例するという仮説は、熱伝導率を評価するための簡単な関係式の導出を許します。その関係式によれば、熱伝導率は、分子の断面積に反比例し、温度の平方根と定容比熱との積に比例するということになります。これは、各温度での熱伝導率を測定すれば、温度と熱伝導率との関係から分子の直径が推定できることを意味します。

原子の実在を受け入れ積極的に理論の構築を試みた一部の科学者の中に、1861年に「気体の分子運動論」を発表した物理学者がいます。それは、英国のジェイムズ・クラーク・マクスウェルです。また、「分子運動を力学的に解析し気体の熱力学的な性質を分子の運動状態として説明する統計力学を創始し、分子から成る世界に許される状態の数に比例する物理量としてミクロな視点からエントロピーに物理的意味を与えること」を達成させ、その結果を1877年に発表した物理学者がいます。それは、オーストリアのルートヴィッヒ・エードゥアルト・ボルツマンです。マクスウェルやボルツマンなどによって、「原子の実在を受け入れることによって理解できる物理的意味の深さを示す努力」が続けられていました。この努力はテクノロジーではなくサイエンスなのです。

原子の実在を受け入れたサイエンスを発展させるための複数の努力は確かにありました。しかし、20世紀への入り口に相当する時点では、より直接的な根拠がないということを理由に掲げ、大多数の科学者と哲学者は、原子の実在の受け入れを拒み続けていました。原子は化学現象を合理的に説明するための仮説にすぎないとする科学者や哲学者が、その当時は多数派を占めていたのです。当然、原子の実在を論じるサイエンスはナンセンスだとして強く批判されていたわけです。原子は仮想の粒子にすぎないとする科学者や哲学者の中に、オーストリアの物理学・哲学者であるマッハやノーベル化学賞を受賞したドイツの化学者であるオストワルドが含まれています。そのような人々は、ランダムに運動する多数の原子からなる集合体を扱う統計力学を構築しようと試みていた物理学者ボルツマンに厳しい批判を浴びせかけていました。当時の偉大な知識がこぞって厳しい批判をボルツマンに浴びせかけていた事実を、今日、科学者も哲学者も知っています。いかに優れた脳をしても、「思い込み」を生み出すニューロンネットワークの活動から、脳を構成する他のニューロンネットワークを自由にし、それを活動させることは簡単なことではないのです。20世紀の初め、オーストリアの物理学者ボルツマンに起こった悲劇はそれを再認識させる出来事です。

19世紀の終わりから20世紀の初めにかけて見出されるサイエンスでの出来事は人間の脳の活動の特徴を示す良い例となっています。その当時、原子の実在を認める一部の科学者にとって、分子の存在や原子の存在に関する直接的な証拠探しは、原子のサイエンスを確立するために強く求められることだったのです。19世紀末までの学びが導いた「思い込み」に対する根本的な変更を可能にできるか否かは、その直接的な証拠探しの成否にかかっていたわけです。

もし原子が仮想の存在であり実体がないとすれば複数の原子が結合して形成される分子の構造を理解する術がなくなります。それは、DNA分子の構造やRNA分子の構造を理解する術がなくなることを意味し、生命現象を分子生物学的に理解する術を失うことを意味します。惑星上の各地にCOVID-19が広がったため、ウイルス表面に存在するスパイク・タンパク質分子にかかわるアミノ酸配列を情報として持つmRNA分子をワクチンとするテクノロジーからの恩恵を、今日多くの人間が受けているはずです。このテクノロジーは、分子の構造への理解が分子生物学的見地から深められてきたことによって支えられています。分子生物学上のその理解の恩恵を受けた人間の割合は、ジュゾランピックを介して争いの克服を励まされた人間の割合と比べても劣ることはないはずです。原子の実在の受け入れを拒む脳の活動に対し、その実在の根拠を探索してきたサイエンスの価値に社会も投資家も公も気づくことができるはずです。

②原子の実在を拒絶する脳の活動に対して

直径にして１ミリメートルの１００分の１程度の大きさしかない小さな粒子を水の中に分散させるとその小さな粒子が小刻みに震えながら不規則に動くさまを顕微鏡を通して見ることができます。それは１８２７年に英国の植物学者ロバート・ブラウンによって発見されていた現象です。微粒子のそのような不規則かつ予測不能な動きに対して、前に１歩動く確率も、後ろに１歩動く確率も、右に１歩動く確率も、左に１歩動く確率も、上に１歩動く確率も、下に１歩動く確率もそれぞれ等しいと見なし、ある一定時間経過した後、その粒子がある位置に存在する確率を、アインシュタインは計算し論文として発表しました。１９０５年のことです。アインシュタインのアイディアと計算とが示すことは、原子の実在を根拠づける意味で決定的価値を持ちます。その確率を測定すれば、アボガドロ数が決定されるのです。

「モル」と呼ばれる単位によれば、コップに18グラムの水が入っているとき、コップの中の水の量は1モルに相当します。このとき、そのコップの中に存在する水分子の数がアボガドロ数と呼ばれる数に相当します。アボガドロ数は、そのコップの中の水の重さとその重さを原因している水分子の数とを結びつける数です。従って、アボガドロ数を実験的に決定するということには重要な意味が伴います。それを決定することは、水の量を水分子の数として表せることであり、分子の存在や原子の存在に関する直接的な証拠を示すことに等しいのです。

③原子の実在に関する直接的根拠を得ること

確かに、相対性理論にも量子力学にも依存しないテクノロジーとして、金属機械技術、家電製品製造技術、そして建築土木技術、これらを確立することは可能です。一方、相対性理論を考慮した量子力学に基づいて説明が可能になる原子の性質に人間の脳が気づいたことによって、それ以前とは全く異なる幾つものブレイクスルーを伴った発展をテクノロジーにもたらしてきた事実があります。そのようなテクノロジーの領域に属する研究者や技術者にとって、ロシアの化学者ドミトリ・イヴァーノヴィチ・メンデレーエフによって確立された元素の周期律表は、物質を設計するために必要なヒントを提供してくれるものです。それは研究者にとっての手引きのようなものです。望ましい半導体物質を見出すために、また、望ましいセラミックス超伝導体を見つけ出すために、元素の周期律表が研究者の脳にどれだけヒントを与えたか数えきれないほどです。

２０１９年は特別な年でした。ドミトリ・イヴァーノヴィチ・メンデレーエフが、元素の性質と原子量と間に周期的な関係性があることに気づき、それを１８６９年の３月６日のロシア化学会で発表して、２０１９年はちょうど１５０年目に当たります。それゆえ、超伝導セラミックス、半導体レーザー、光集積回路用の素材、強磁性体、高効率の太陽電池、固体電解質、超硬度物質などなど工業的に価値が高い新素材を開発している研究者にとって２０１９年は特別な年だったのです。世界の各地で特別講演会や祝賀会が行われました。米国化学会のレセプションが12月４日に東京都虎ノ門のホテル内で開催されたため末裔もそれに参加していました。

ただし、メンデレーエフの気づきが、科学者の脳が原子の実在を受け入れているということを保証するものではないということには気づかなければなりません。原子の実在を否定する強い思い込みに拘束された科学者や哲学者の脳に自由をもたらし開かれたニューロンネットワークの活動を実現するために、原子の実在に関する根拠を示す実験が必要だったのです。そのためにどのような実験を行えば良いかは、1905年に公表されたアインシュタインの3つの論文の1つ「ブラウン運動に関する理論」の中に言及されていました。

「ブラウン運動に関する理論」を実験的に確認するということは、アインシュタインの理論に基づきアボガドロ数が直接決定されることを意味します。その実験とは、ブラウン運動をするコロイド粒子の分布状態を顕微鏡下で精密に測定するという実験のことです。その実験は、フランスの物理学者ジャン・ペランによって1908年から行われました。そして、コロイド粒子の分布から、ジャン・ペランは、ついにアボガドロ数を6.5×10^{23}と算出したのです。今日、アボガドロ数は$6.02214129 \times 10^{23}$とより精密に測定されています。ジャン・ペランは、アボガドロ数を導き出し原子の実在を実証した功績で、1926年にノーベル物理学賞を受賞しています。

ルクレチウスの直観もメンデレーエフの気づきも脳の中に記憶として共存してさえ、19世紀の終わりまでの学びが導いた「思い込み」は、原子の実在を否定する脳の活動を導きました。その「思い込み」は、圧倒的多数派を構成する優れた脳に強く支持されていました。この事実は、惑星環境と文明を維持して本質に向かうために、脳をどのように活動させるべきかを知るための教訓として認識しておく価値があることです。

原子の実在を受け入れた後は、物質に対する理解が飛躍的に深められる道を人間は進み出しました。しかも、20世紀のサイエンスの最大の成果である相対性理論と量子力学の確立とによって、原子に対する深い理解が許され、その結果は、生命科学の分子論的基礎の確立を助けました。また、新素材開発に関わる研究を飛躍的に進化させました。さらに、相対性理論と量子力学の助けにより、メンデレーエフによって確立された元素の周期律表の物理的化学的意味が明確に基礎付けられ、周期律表が持つ情報の深さに人間の脳が気づくことを原子の実在の受け入れは許したのです。ブレイクスルーはどのようなことから可能になるのかを考え直すことに時間を費やすことには意味があるということに誰でも気づくことができるはずです。多数派に支えられている「思い込み」から少なくとも一度は脳を自由にし、開かれたニューロンネットワークの活動を許すことがなければ、ブレイクスルーへの道が照らし出されることはないということです。

④分子生物学への祈り

・パンデミック終息祈願

原子の実在の受け入れを拒んだサイエンスの領域での脳の活動に限らず、21世紀の今日においても、さまざまな分野において、似たようなことが見出されます。事故は深刻であるが特殊であり生じる確率が非常に小さいと評価されるのであれば、それがゼロではないという事実だけで、それへの準備に取り掛かる決断を下すには根拠が乏しいと判断する脳が優位を占めることには不思議さはないはずです。パンデミック前であれば、食を豊かにする霜降り肉や鶏卵の生産に関わる畜産業を支える研究体制に資本投入するほうが価値があるという考え方が、多数派に属する人間の脳を占有していたはずです。分子生物学の領域の研究活動のために資本投入する必要性や価値に考えが及ぶことはなかったはずです。

また、その領域の研究成果を利用したワクチン開発のために資本投入する必要性や価値に、考えが及ぶこともなかったはずです。

報道で紹介されるように、パンデミックはたくさんの人間を神社仏閣に出向かせ、パンデミックの終息を祈らせています。その行いは、多くの科学者や哲学者が拒絶した原子の実在の受け入れを、結局は、認めたことからもたらされたことにどれだけ価値があったかについて人間が再認識を試みている行為になります。２０２０年も２０２１年も２０２２年も、神社仏閣に出向きＣＯＶＩＤ‐19によるパンデミックの終息を祈った多くの人間がいたことを境内にいるわたしらの仲間を通して知っています。境内には、わたしらの仲間が必ずいます。その終息を祈るという行為は、本人が自覚している自覚していないに関わらず、タンパク質分子、ＤＮＡ分子、ＲＮＡ分子などを含むさまざまな生体内分子同士の間で生じている相互作用に関する理解を目指す分子生物学の領域での研究が飛躍的に進歩することを願うという行為を意味しているのです。その行為は、そのような相互作用を考慮しワクチン作用を持つＲＮＡ分子のデザインを考える分子生物学の領域での研究が、一層進化することを祈っていたことを意味するのです。

そのような相互作用に関わる現象を理解する上で残る未知の事柄に取り組む研究に、若い世代を含むより多くの人間が好奇心を抱き、研究者として参画することをたくさんの人間が祈っているわけです。パンデミックの終息を祈る行為は、分子生物学の領域での研究が、より多くの研究者によって、より深められることを願うことに相当しているのです。生体内の分子の振る舞いや分子同士の間の相互作用を通して生命活動が維持されている仕組みがより深く理解され、その理解が惑星上の各地域の社会に暮らす人間の健康維持に寄与することを人間は神社仏閣で祈ることをしていたことになります。

若い理論的研究者であったマックス・デルブリュックの好奇心を、原子核物理に関わる研究から分子生物学の研究へと変更する切っ掛けとなった出来事は、量子論の創始者の１人であるニールス・ボーアの特別講演を聴いたことです。そして、ウイルスの一種バクテリオファージの研究は１９６９年度のノーベル生理学・医学賞をマックス・デルブリュックに受賞させました。分子生物学への好奇心を高める今日的切っ掛けは、ｍＲＮＡ（メッセンジャーＲＮＡ）ワクチンの成功とパンデミックへの収束祈願とが果たしてくれるはずです。

・ワクチン開発に寄与する分子生物学

マイクロソフト社の共同創始者の1人ビル・ゲイツ氏は2015年のTEDで、既にパンデミックの脅威を指摘し、備えの必要性を訴えていました。ビル・ゲイツ氏は、ワクチンの重要性についてCOVID-19のパンデミック発生当初より訴え、ビル・アンド・メリンダ・ゲイツ財団を通じて感染症流行対策イノベーション連合（CEPI）に1億5000万ドルを寄付していました。惑星上の各地域の社会で暮らす人間が抱えている感染症へのリスクを低減させることは、ワクチン開発とワクチン供給に関わるCEPIの活動に託されているところがあります。

実際のところ、COVID-19のパンデミック発生以前には、投資家、会社、そして公を含め多くの人間は、DNA分子、RNA分子、そしてタンパク質分子の細胞内での相互作用について、それらの相互作用を研究している分子生物学の領域での研究者の研究について、さらに、その研究とワクチン開発との関係について、注意を向けることはなかったはずです。テクノロジーといえば、コンピュータＩＴ産業に属すること、電機家電産業に属すること、船・飛行機・車・金属・機械産業に属すること、医薬品・化学産業に属すること、そして建築・土木産業に属することであるという「思い込み」を否定する人間はいないはずです。このとき、テクノロジーとして、分子生物学に直接結びつく産業に属することは含まれていないはずです。

パンデミックの発生は、多くの人間に、分子生物学の領域での研究の価値を実感させたはずです。ｍＲＮＡワクチンは分子生物学の領域での研究がもたらした成果の１つです。ｍＲＮＡワクチンはパンデミックの抑制に向けて今日見事な成果をもたらしています。２０２０年時点では、テレビ中継されたインタビューの中で述べられているように、多くの専門家でさえｍＲＮＡワクチンの効果を疑っていました。その状況に現れているように、ｍＲＮＡワクチンの研究に関心を持つ脳は少数派に属していたことを理解することは誰にとっても容易なはずです。パンデミックの発生は状況を変えました。ｍＲＮＡワクチンにかかわる研究の価値を、投資家、会社、そして公を含め多くの人間に実感させているはずです。これは、１つの教訓を人間に与えています。

第2章　無謀な計画こそがブレイクスルーを導く

（1）未知への好奇心と実益を求めること

サイエンスの研究さえ、社会的資本が投入される場合には、多数の賛同が得られる内容に沿った研究に限定されるべきであるとする指摘は公や投資家だけでなく、多くの人間によって指示される傾向があるようです。しかし、本質に迫ることを許す道を探すことに目的があるサイエンスの活動は、実益の達成を目指すテクノロジーの活動とは基本的に異なっています。テクノロジーの活動にとって、原子が仮説上の存在であって困ることはありません。わかることの範囲でテクニックを探せば良いだけです。その仮説から理解できる化学反応を用い興味ある物質が合成できれば、投資家、会社、公、そして人間にとって望む目的は達成されたことになります。サイエンスの活動に関しては、原子の実在が否定できるということであれば、その根拠を追求しなければ完結しません。また、原子が実在するのであれば、その根拠を追求しなければサイエンスの活動は完結しません。

論理的思考のプロセスを通して本質へ向かう道を照らし出すサイエンスの活動は未知へ

の好奇心に基づく行為であり、人間の欲望に従うテクノロジーとは異なります。そのようなサイエンスの活動を「それが何の役に立つ」と軽んじる意見がありますが、サイエンスのテクノロジーへのとてつもない影響力に気づかされる例は、珍しいことではないです。投資家、会社、公、そして多くの人間が気づいているように、量子力学の確立、相対性理論の確立、そして原子の実在の実証に象徴されるケースにはサイエンスの活動のテクノロジーへの計り知れない影響力が明瞭に表れています。そもそも、原子の実在を否定したままでは、生命現象に関与している巨大な分子同士の間の相互作用をイメージすることは不可能なことです。もし、原子の実在を否定する圧倒的大多数の科学者と哲学者の「思い込み」を受け入れ、それに従っていたならば、ＤＮＡの二重らせん構造の発見もエピジェネティックスの理解も達成されることはなかったことになります。当然、ｍＲＮＡワクチンの開発も達成されることはないです。

欲望と直結している実益の達成を目指すテクノロジーの開発方針は、サイエンスの研究方針とは異なり、多数の賛同が得られる内容に沿って進められることに、基本的な問題はありません。ただし、幾つかの例外は存在します。感染症の広がりを検出する目的で感染状態を調べる自動分析技術を開発するとか、多量なワクチンの製造に関わる技術を分子生物学的知見に基づき開発するとかは、多数の賛同が得られるか否かに依存せずに行われるべき例です。このことに関して今日異論を持つ人間はいないはずです。

(2) ブレイクスルーの実現を目指す無謀さの向こうに

ブレイクスルーの源としての拒絶されるアイディア

現象を合理的かつ無矛盾な論理で説明できること、そしてその論理に基づき予測される未知の現象が検出できること、それらが許されるアイディアはサイエンスになります。しかし、それらができない突飛なアイディアは、サイエンスではなく、ファンタジーとして人間の好奇心を刺激するものに留まります。宇宙空間は無重力であるというような解釈はファンタジーとして人間の脳を楽しませてくれている通りです。もちろん、太陽系の維持や銀河系の維持を可能にしている重力場の存在について、科学者や哲学者でなくても誰もが同意できるはずです。ところで、突飛なアイディアであっても現象を合理的かつ無矛盾な論理で説明できるものが稀に生み出されます。それはサイエンスになります。しかし、それは極めて多くのケースで圧倒的大多数の脳に受け入れてもらえない傾向があります。アイディアに対し多数の賛同がすぐに得られるようなとき、そこには画期的なことが含まれていないことを意味します。そのことは、サイエンスの歴史から気づけることです。それは、テクノロジーにおいてさえ真実です。何らかのブレイクスルーの実現を目指す試みに対し、多数の批判はあっても、多数の賛同が得られることはないです。

学んだことを超えるための自由

達成された直後のブレイクスルーに対し、多数の脳から正当な評価がただちに得られるということはないです。青色発光ダイオードのように、効果を視覚器官など感覚器官によって直接捉えることができるようなケースを除き、ブレイクスルーの意味が、多数の人々の脳にただちに受け入れられることはないです。ブレイクスルーとなる突飛で有益なアイディアは、特徴の１つとして、学んできたことから脳を自由にすることを拒み開かれたニューロンネットワークの活動に向かう道の選択を避けようとする優れた脳が躍起になって否定しようとしても決して否定しきれない本質を伴うということです。それは、多数派を構成する人間の脳で行われている活動の外側からもたらされることなのです。

学んできたこと、事例、そして経験から培ってきた知識を「思い込み」として個体化させ、その「思い込み」に脳が制圧されたならば、脳に活動の自由を与えることができません。脳の活動に自由がなく、開かれたニューロンネットワークの活動を許すことができないならば、サイエンスの歴史が示すように、その脳は、否定しきれない本質を伴っている「何か」さえ否定することを試みることになるのです。突飛で有益なアイディアをブレイクスルーとして受け入れることは、そのような脳の活動に代わる脳の活動、すなわち肯定することができる脳の活動によって許されるのです。これはサイエンスの歴史が人間に気づかせていることです。

予想や仮定の事柄に対し分析する作業および可能性を考える作業は行わないと繰り返し回答している公の姿をテレビのモニターは頻繁に映し出してきました。それを確認することは難しいことではないはずです。予想や仮定の事柄を考える意志を持たなければ、何かが起こったときに想定外でしたという返事が返ってきて当然なわけです。このような姿勢をもたらす脳の活動は、地球環境の継続性の維持や文明の継続性の維持を難しくさせる必然性があります。そもそも、ブレイクスルーの達成を目指す対象は、現在という時点では、仮定の存在であり、突飛なアイディアにすぎません。ブレイクスルーになるかもしれない仮定のアイディアに対して、その実現に向けた投資が避けられる傾向は、残念ですが、必然です。

照らし出されていない未知の道

ブレイクスルーの実現を目指す行為は、最終結果に向けて計画的に作業を遂行できる行為とは異なるカテゴリーに属しています。ブレイクスルーの実現を目指す道は、照らし出されている道ではなく全くの未知です。当然、模範をどこかに求めるというようなことはできません。そのような道の先にあるような何かの実現を試みることに関しては、道が照らし出されていないわけですから先読みは全くできません。ブレイクスルーの実現を目指す見えない道には大きなリスクが伴います。ブレイクスルーの実現を目指すことは、見えない道を探す計画ということになります。

それでも、少数の人々は、ブレイクスルー達成のために進むべき見えない道を探ることに好奇心を持ちそのことに情熱を注ぎ込んでいます。ブレイクスルーを達成するために進むべき見えない道を探るために行うべきことは、予想から食い違っても、都合の悪い結果に直面しても、実験からもたらされたデータを客観的に受け止め、結果を丁寧に分析し研究を進めるということです。米国政府の首席医療顧問をつとめるアンソニー・ファウチ博士によれば、パンデミック収束に向け世界に希望を届けているｍＲＮＡワクチンの合成に関わるブレイクスルーを達成させたハンガリー出身の生化学者カタリン・カリコ博士の研究スタイルは、正にその通りのものだということです。

ブレイクスルーにつながりそうな突飛なアイディアに対して、合理的かつ無矛盾な論理が基礎にあってさえ、具体化されるべき合理的理由を認識できないと判断されても不思議ではなく、ほとんど１００パーセントの人間が出資を見送るはずです。その突飛なアイディアが持つ潜在的な価値に、０・０１パーセントを下回る人間からの賛同しか得られないとしても、ブレイクスルーが達成されれば、その価値の普遍性が示されることになるわけです。21世紀に入ってカリコ博士と共同研究者によって達成されたｍＲＮＡワクチンに関わるテクノロジーは、そのようなブレイクスルーに関わる特徴を示す例の１つです。

ｍＲＮＡワクチンの原理は１９８０年代の終わりには研究者の間で常識となっていました。しかし、繰り返された実験には期待外れの結果が伴い、そのために形成された「思い込み」は、その具体化へ向かう道の重要性を多くの人間の脳から消去しました。このような経緯にもかかわらず、ＣＯＶＩＤ‐19パンデミックは、そのテクノロジーの有益さを２０２２年11月時点までに多くの人間の脳に届けているはずです。

研究者本人にさえ見えない未知の道

ブレイクスルーを達成するためには、予想を含め抱えている「思い込み」から脳を自由にし、開かれたニューロンネットワークの活動を許さなければならないプロセスが必ず伴います。研究者自身の脳においてすら、どんなことに関する「思い込み」からどのように脳を自由にさせるべきか数多くの失敗を通し、かつ失敗の分析を経てしか「思い込み」の問題点を見出せません。計画的かつ効率的にブレイクスルーを達成することなど望むことはできないということを認識しなければなりません。

ブレイクスルーの達成を目論むような計画は、投資家にとり、会社にとり、公にとり、無謀な計画ということになります。また、知っている事柄同士の間の合理的かつ論理的な関連性に立ち入ることなくそれぞれを独立させたまま知っていることを常識として結晶化させることにより生み出される強い「思い込み」から脳が自由になれなければ、その脳は、ブレイクスルーの達成を目論むような計画を無意味な計画と酷評するはずです。既存の知識に強く依存するだけで脳に自由を与えない状況を受け入れている脳にとり、ブレイクスルーの達成を目論むような計画は、無謀な計画ということになるのです。当然、無謀な計画の遂行は許されないことになります。

見えない未知の道を探す試みへの非難

ブレイクスルーの達成対象に依存はするものの、ブレイクスルー達成を目指す試みに対しては、強烈な非難さえ多数の人間から向けられることがあります。そのようなことをボルツマンのケースからでもアインシュタインの相対性理論のケースからでも確認できることです。ブレイクスルー達成を目指す試みの意味が人間たちの脳に正しく伝わらないという状況は、ｍＲＮＡワクチンの社会への送り出しを可能にしたカリコ博士の研究に関することからも確認できます。今日、多くの人間によって認識されているｍＲＮＡワクチンに関するブレイクスルー、それに関する研究を遂行することに関して、助成金が得られないという事態をカリコ博士は経験しています。ブレイクスルーは賛同され難いのです。ビオンテック社とモデルナ社は、カリコ博士の研究成果を確かに正しく評価しましたが、カリコ博士はペンシルベニア大学での研究継続を断念した経緯さえあったのです。

既に存在する工学的な事例、あるいは薬学的医学的な事例を模範事例として、それを改善して目的達成を目指すのであれば、そのとき進むべき道は既に照らし出されています。改善作業に困難がないわけではないですが、ブレイクスルーを実現させる場合に比べれば計画的かつ効率的にその作業を進めることができます。そのケースは、照らし出された道に沿って利益の獲得が予測可能であるため投資家や会社や公に好まれます。道が既に照らし出されているため、そのケースは、賛同数の多さに依存して実行するか否か判断を決定できます。世界のどこかにある事例を参考に既に照らし出されている道に沿った新しい方法を見出すことにリスクがないわけではありませんが、ブレイクスルーの達成を目論む場合のリスクに比べははるかに小さいはずです。照らし出されている道を進むことは、利得を効率的に得ていくための道を進むことになるはずです。その道は、投資家や会社や公だけでなく多くの人間にとり、技術力を効率的に誇ることを許し好まれる道ということになります。当然、道自体を探さなければならないブレイクスルー達成への道は先読みができず非効率的であり嫌われる道ということになります。

（3）ブレイクスルー達成がもたらすもの

智のブレイクスルーがもたらした途方もない魅力

計画的かつ効率的に達成することは不可能でさえ、ブレイクスルーには、とんでもない魅力が潜在的に伴っていることを否定する人間はいないはずです。ＣＯＶＩＤ‐19パンデミックは、惑星上各地の社会に暮らす多くの人間に、ｍＲＮＡワクチンに関わるブレイクスルーの価値を気づかせたはずです。また、言うまでもなく智のブレイクスルーとして挙げるべき相対性理論、量子力学、および原子の存在の実証が、人間の脳の働かせ方にもたらした影響の大きさを否定する人間はいないはずです。そのブレイクスルーは、宇宙規模での空間と物質の理解から超微視的領域での空間と物質の理解に至るまで脳の働かせ方を助けています。

半導体物質を用いた今日のテクノロジーに欠かせない電子素子の製造に関わるブレイク

スルー達成において、半導体物質の性質の理解は不可欠なことです。その理解のために、相対性理論の要請から説明できるスピンという電子の特別な性質に関する理解と原子の存在の受け入れ、それらに基づき量子力学が導く予測は、重要な役割を果たしてきました。半導体物質に関わる特徴的性質は、半導体物質を構成する各原子に囚われている最も外側の電子の振る舞いからもたらされます。半導体物質が加熱されたり光が当てられたりすると、各原子の最も外側の電子に対する拘束が弱まり動き出すものが現れます。例えば、加熱すると電流が通りやすくなる硫化銀の性質は1839年に英国の化学者・物理学者マイケル・ファラデーより発見されました。光を当てると電流が通りやすくなるセレンの性質は1873年にウィロビー・スミスたちによって発見されています。硫化銀もセレンも半導体物質の例です。

今日半導体素子に期待される重要な現象の1つとして、交流電流に対する整流現象があります。そのような現象の1つは、英国の物理学者アーサー・シュスターによって1835年に酸化銅の被膜に対し発見され、さらに、硫化金属に対しては独国の物理学者フェルディナント・ブラウンによって1874年に見出されています。整流現象は2極真空管の重要な特性です。整流現象を引き出す初期的な工業製品としては、酸化銅被膜を用いた製品が１９２５年頃開発され、間もなくして、セレン多結晶皮膜を用いた製品が開発され、使用されていました。

半導体結晶中において電子過剰の状態を出現させた半導体物質と電子欠損の状態を出現させた別の半導体物質とを接合させた構造を持つ素子は、電気的な整流作用を持ちます。その電気的性質は、米国ベル研究所の技術者であるラッセル・オウルによって１９３９年に見出されました。ほぼ同時期である１９３８年には、３極真空管の特性である増幅作用を備えた半導体素子の開発に米国ベル研究所のショックレーは共同研究者とともに着手しました。しかし、達成されず、第２次世界大戦後に引き継がれることになりました。第２次世界大戦終結直後に、ＡＴ＆Ｔの一部門であったベル研究所に固体物理学部門が組織され、その部門に加わった２名の研究者とショックレーとが、他の共同研究者の協力も得て進めた計画こそが増幅作用を備えた半導体素子の開発でした。もちろん、当時、そのブレイクスルーに向かう道は照らし出されていません。

望ましい性質を備えた半導体物質を探す必要がまずありました。しかし、その試みは困難に直面しました。幸い、電子のスピンの性質を考慮した量子力学は、結晶構造をとる固体物質の性質を理論的に理解することを助けました。固体の結晶構造を扱う量子力学の理論は、望ましい半導体物質に備わるべき物質の特徴を理解することに関して、ショックレー、バーディーン、そしてブラッテン、それぞれを助けていたのです。結果として、半導体物質であるゲルマニウムからなるトランジスタが発明され、今日のテクノロジーに欠かせない半導体素子の製造へと発展していくブレイクスルーを達成させたのです。ショックレー、バーディーン、そしてブラッテンは、その功績で1956年ノーベル物理学賞を受賞しました。なお、バーディーンは超伝導現象を理解するための理論の確立に対する功績から、クーパーおよびシュリーファーとともに1972年に2度目のノーベル物理学賞を受賞しています。

多くの科学者や哲学者から拒絶されていたにもかかわらず少数の科学者の好奇心と努力により原子の存在を実証できたことは、結晶構造という物質の特別な状態に関わる理解を助けています。さらに、相対性理論の要請に基づき説明できるスピンという性質を電子が持つことを考慮に入れた量子力学が要求する脳の働かせ方は、結晶構造に関わる理解を一層深めることに寄与しています。そのような脳の働かせ方は、超伝導物質の開発を助け、超強磁場の発生や大電力送電などへの超伝導物質の応用を可能にする脳の働かせ方を導いています。その上、電子のスピンを考慮に入れた量子力学が要求する脳の働かせ方は、結晶構造をとる半導体物質の性質の理解を助けマイクロチップや発光ダイオードなどへの半導体物質の応用を可能にする脳の働かせ方に寄与しているのです。その脳の働かせ方は、材料工学の領域で、未知の新規素材の性質の予測を可能にしているわけです。それは、太陽光発電・発光・偏光・光スイッチ等のために考慮する必要がある光物性に加えて、電気的磁気的性質、機械強度、化学的性質、などを予測することを助けているのです。

コンピュータ性能の技術改善を目指す道の上に止まる選択をした会社や研究所にとって無謀な技術開発と認識され、Ｄウエイヴ社とＩＢＭ社とを除き、どの研究所も手が出せずにきた量子コンピュータ技術の確立に欠かせない脳の働かせ方の基礎は、量子力学が要求する脳の働かせ方からもたらされています。また、原子の存在の受け入れ、そして電子のスピンを考慮に入れた量子力学が要求する脳の働かせ方は、医薬品分子や機能性分子などに関わる分子の設計を可能にする脳の働かせ方に寄与しています。さらに、量子力学が要求する脳の働かせ方は、磁場の存在下に置かれた陽子のスピンと電磁波との間に生じる核磁気共鳴と呼ばれる現象の説明を可能にし、さまざまな分子の構造解析への核磁気共鳴の利用を可能にする脳の働かせ方を導いています。また、核磁気共鳴を用いた医療技術であるMRI画像診断技術をもたらした脳の働かせ方もそれから導かれていたのです。

病気とDNAとの関係やDNAと薬の効果との関係を理解することにさえ、原子の存在とともに電子のスピンを考慮した量子力学からの要請を受け入れた脳の働かせ方が寄与しています。それは、タンパク質分子、DNA分子、RNA分子などのさまざまな生体内分子同士の間で生じる相互作用に関する理解を助けています。それは、パイ電子系と水素結合系とがリンクして生じる生体内分子同士の間の相互作用メカニズムの理解を可能にしているのです。

このように、さまざまな今日的テクノロジーの形成に欠かせない脳の働かせ方の基礎が、制限されることなく誰でも無償で使えるサイエンスが導いたブレイクスルーに依存しています。そのことを、投資家も、会社も、公も、社会も、理解できるはずです。ただの猫よりショウウインドウの中の猫のほうが価値があると言う青年の指摘が意味する「ただのものには価値はない」という「思い込み」は、倫理面からだけでなくテクノロジーの面からも訂正が求められます。

わたしらが未知なる局面に出くわすことは、人間社会で野良をやっていると日常茶飯事です。その都度脳を働かせ生き延びる術を考え出しています。もちろん、それができず大変な状況に立たされる仲間はいます。人間は幸いです。学びがもたらす常識という「思い込み」から脳を自由にし、望ましい意志さえ持てば、優れていると誇る人間の脳は、地球環境を守り文明を維持するために必要な脳の働きを、ブレイクスルーを伴って導き出すことができるのです。

パンデミックが気づかせたスーパーコンピュータの使い道

ｍＲＮＡワクチンへの具体的な道を照らし出した基本的アイディアと実験結果とに関わ

る学術的報告が備えていた重要性を捉えきれない状態にしていた「思い込み」が、大学にも研究機関にも大きな会社にも投資家にも公にもありました。そのことを、ＣＯＶＩＤ-19のパンデミックは哲学をするものだけでなく、誰にでもわかるようにしました。その「思い込み」が、脳に対し、ワクチン製造に関するブレイクスルーへの道を選択できない状態に仕向けていたのです。

ＣＯＶＩＤ-19のパンデミックが社会に及ぼしているネガティブな影響の大きさを考えたとき、適切な投資先として考慮しなければならない投資先には、今日の投資が明日の利得に結びつく投資先ではなくても、大きな負の利得を避けるために選択しなければならない投資先があるということを、投資家にも会社にも公にも社会にも気づかせたはずです。むしろ、ＣＯＶＩＤ-19のパンデミックの影響を避けることができるのであれば、それは経済活動に関わる大きな利得であるとさえ今日では投資家にも会社にも公にも思えるはずです。今日の人間社会は、地球規模での複雑な結びつきから成り立っています。グローバルなネットワークの中での各種の物品に関する売り買いの状況を完全に認識し、それに基づき売り買いの動向を分析することは、エコノミストにとってさえ複雑すぎることをＣＯ

VID-19のパンデミックは露呈させました。物を製造し輸出している会社の活動や原料を輸入している会社の活動に関わった問題だけではなく、非常に小規模であるが重要な物品の売り買いに関わる問題そして生産と物流に関わる相互の依存性に関わる問題までが分析の対象になることが露呈していました。

そんな状況を日々分析することが、スーパーコンピュータ開発の目的の1つにあったはずです。今日の投資が明日の利得につながる投資先は何かを分析させるだけでなく、大きな負の利得を避けるために選択しなければならない投資先とは何かを日々スーパーコンピュータに分析させることは、投資家にとり、公にとり、会社にとり重要なはずです。負の利得の発生はパンデミックだけから導かれるわけではなく、年々規模が拡大する気象災害に象徴される地球温暖化の影響からも導かれます。大きな負の利得の発生を避けるために選択しなければならない投資とは何かを、地球上で毎日起こるあらゆる出来事や現象を日々取り込み分析することはスーパーコンピュータに求められることです。もちろん、量子コンピュータが使用可能であれば、スーパーコンピュータよりはるかに速やかに可能な選択肢を出力してくれるはずです。

スーパーコンピュータから得られる分析の結果の中には、「圧倒的多数派に属する人間から否定されているカテゴリーに属していることを実現させるための投資」あるいは「圧倒的多数派に属する人間が関心を持っていなかったカテゴリーに属することを実現させるための投資」、そのような投資を要請することさえ含まれるはずです。それが意味することは、「思い込み」から脳を自由にできない人間に代わり、ブレイクスルーへの投資を求める可能性もあり得るということです。

そもそも、ブレイクスルーは「圧倒的多数派に属する人間から否定されているカテゴリーに属していることの実現」あるいは「圧倒的多数派に属する人間が関心を持っていなかったカテゴリーに属することの実現」として達成されます。ブレイクスルーへの道は、アイディアを実行しても予想通りに行かないこと、そして失敗を繰り返すこと、これらによって特徴付けられます。投資に関して、そのような事情を客観的に判断することを助けるとすれば、スーパーコンピュータを用いた分析以外にそれを助ける方法はないはずです。

パンデミックが気づかせたブレイクスルーへの道

ｍＲＮＡワクチンというブレイクスルーを達成するまでの道のりが単純ではなかったことが今日知られています。未知への好奇心に突き動かされた何人もの研究者が見えないブレイクスルーへの道を探し求めていました。気落ちさせる失敗に何度も直面し、その都度、「実験のどの段階において、何が有用なことか、あるいは有用な候補になるか、予想できない」という状況が突きつけられ、失敗の分析と失敗の意味の解釈とが、次の可能性を探る作業として続きます。そんな作業が限りなく繰り返されていたのです。照らし出されていない道の先にあるブレイクスルーの対象に関して先読みなど完全に不可能です。先読みを拒絶し続けた未知の道の先に見出されたブレイクスルーの価値について、投資家にも会社にも公にも、また惑星上の各地域の社会に暮らす多くの人間にも、ＣＯＶＩＤ‐19によるパンデミックは気づかせたはずです。

ｍＲＮＡワクチンは、新型コロナウイルスが流行する前に、既に実用化の一歩前まで来ていました。繰り返される失敗のために大学も公も会社も見限る事態が生じた中でさえ、可能性を探る脳の活動と実験とが長年にわたって続けられていたのです。mRNAワクチンの製造技術の確立を可能にしたカリコ博士を筆頭とする2005年の論文に示されている結果にたどり着く道筋は、何度も直面した失敗の中から探り出されたものだったのです。2005年の論文に示された結果にたどり着くまで、分子生物学の知見に基づき予想したアイディアが成功を導かない理由を分析し「思い込み」から脳を自由にしてアイディアの修正を行うという繰り返しの作業が約20年にわたって続けられていたのです。

細胞内で活性を持つ人工のmRNAが、ウイルス由来のRNA合成酵素などを用いて最初に合成された年は1984年のことです。それは、ハーバード大学の発生生物学者ダグラス・メルトンおよび分子生物学者トム・マニアティスとマイケル・グリーンとが率いる研究チームのメンバーと共同して、アリゾナ大学の発生生物学者ポール・クリーグによって行われました。しかも、1980年代の終わりには、細胞の外から細胞内にmRNAを導入して、導入したmRNAに基づいて細胞自体にタンパク質を作らせ、それによって医療行為が達成できるという可能性が実験的に示されていました。

１９８４年から２００５年までの21年間という期間に多くの研究者たちによって突き止められた小さなステップの中には、期待する結果を導かないケースも含まれています。それは、望ましい道を照らし出すために避けるべき重要な消去因子を教えてくれるものです。もちろん、論文に載ることがない数多くの失敗とそれにかかわる分析の中から得られた認識が、注目されていなかったことへの気づきへと導く重要な因子になり得ることもあります。ｍＲＮＡワクチン製造技術の確立への道は、そのようにして照らし出されたのです。数多くの失敗とその分析の結果として達成できるブレイクスルーは、効率的かつ計画的に達成できるものではないことに気づくことは容易なはずです。

ｍＲＮＡワクチンに関するブレイクスルーに向かって伸びているはずの未知の道を照らし出すための活動期間を、ジュゾランピックへの参加準備のために費やす4年間という競技者の活動期間と比較できる機会が、ＣＯＶＩＤ-19パンデミック下で開催されたジュゾランピックによってもたらされました。投資家、会社、公、および惑星上の各地域における社会が関心を向けていたか、あるいは無関心であったかに関わらず、ブレイクスルーを達成するまでの活動とジュゾランピックへ参加するまでの準備活動とを比較できる機会を、パンデミック下で開催されたジュゾランピックはもたらしたわけです。ブレイクスルー達成のために日々行われている研究者の活動の特徴を理解できる機会が、mRNAワクチンの効能を介して、ジュゾランピックと共に、投資家に、会社に、公に、そして惑星上の各地域の社会に暮らす人間たちにもたらされたことになります。研究活動の特徴への気づきは、パンデミック下で開催されたジュゾランピックの確かに重要なレガシーの1つに違いないです。

COVID-19パンデミック下でエンターテインメントを楽しみたいという人間の希望は、分子生物学に依存したテクノロジーとは何かに気づくこと、mRNAワクチンというブレイクスルーの計り知れない魅力に気づくこと、それらに気づくことを許したわけです。また、mRNAワクチンが発明されるまでにどのような脳の働かせ方が求められていたのかについて気づく機会をもたらしたことになります。ブレイクスルーが持つ価値へ投資を試みる意志は、ジュゾランピックへ出資する意志に匹敵する強さがあって良いことを、公にも、会社にも、投資家にも、世界各地の社会を構成する人間たちにも気づかせたはずです。

第3章　細胞の中で生命活動を支える超巨大分子

(1) DNAという巨大分子

DNAに操られている人間

脳内のニューロンネットワークの活動に伴い、軸索や樹状突起の成長にかかわる神経成長因子の合成や神経伝達物質の合成が生じ得るため、その活動に遺伝子は関与します。そのニューロンネットワークの活動は、神経成長因子や神経伝達物質を介して、その脳内の他の複数のニューロンネットワークの活動に連結させられ、脳内のニューロンネットワークの活動は遺伝子の関与から切り離されることはないことになります。そのことは、わたしらだけでなく全ての生き物で起こり、人間とて例外ではありません。英国の進化生物学・動物行動学者のリチャード・ドーキンスは、著書『利己的な遺伝子』（紀伊國屋書店）の中で、人間はDNAから自由であるような意志など持たず、結局、DNAに操られている存在だと極端な解釈さえしています。

チェコのブルノの司祭メンデルはエンドウ豆の栽培を通して、ＤＮＡが発見される前に遺伝の法則に気づき１８６６年にそれに関する論文を発表しています。スイスの生理学・生化学の研究者で医師であったミーシャがリンパ球の死骸である膿から分離した特異な物質としてＤＮＡを突き止め論文として発表した年は１８７１年です。これら２つの研究はＤＮＡと遺伝子とを関連づける脳の活動が始まるはるか前のサイエンスにかかわる活動です。量子論の数学的記述を可能にする微分方程式を導き量子力学の確立に寄与したオーストリアの理論物理学者シュレーディンガーは、生物学への好奇心を抱き研究の末、遺伝子は遺伝情報を変質させることなくそれを信号として保持できる高分子でなければならないという結論を導き出しました。シュレーディンガーがその気づきに達するまでに脳にさせた活動の方法そして気づきに至る論理の構成方法は、１９４４年に出版された著書『生命とは何か』（岩波文庫）から知ることができます。

シュレーディンガーによる気づきの後、その高分子とは何かを突き止めようと科学者は脳を働かせることになります。ノーベル化学賞とノーベル平和賞の受賞者である米国の量子化学・生化学者のライナス・ポーリングはタンパク質分子こそ、その高分子ではないかと考えた科学者の1人です。米国の分子生物学者のワトソンと英国の分子生物学・物理学者のクリックはDNAこその高分子だと考えていました。このとき、DNAに対し精密に観測した緻密なX線回折像を得ることに英国の物理化学・結晶学者のロザリンド・フランクリンは成功していました。そのX線回折像をワトソンとクリックは分析することができました。その結果、DNAが二重らせん構造を持つということを彼らに気づかせたのです。その年が1953年です。その二重らせん構造こそがDNAに遺伝子としての機能を持たせていたわけです。そのことに気づくまでに脳が脳にさせたサイエンスにかかわる活動の方法は、ユニークでかつ好奇心をくすぐるワトソンの著書『二重らせん』（講談社文庫）から誰でも知ることができます。

かくして、DNAと呼ばれている高分子の構造と遺伝現象との関係を理解していくために進むべき道の出発点、またその高分子の構造と各細胞の日々の活動との関係を理解していくために進むべき道の出発点、それぞれに人間の脳が立つことをサイエンスの成果は許したのです。そのような道を照らし出した功績はワトソンとクリック、そして英国の生物物理学者のモーリス・ウィルキンスにノーベル生理学・医学賞を1962年に受賞させました。不幸にもロザリンドは卵巣がんに加え肺炎の併発により１９５８年に亡くなったためその仲間に入ることができませんでした。

ＤＮＡ分子の情報とタンパク質分子合成とを結びつける巨大分子

ＤＮＡ分子が遺伝現象を司る物質である事実を受け入れても、生命現象の基本を支える酵素がタンパク質分子としてどのように合成されるかが説明できなければ、生命現象を説明したことになりません。加えて、わたしら猫を含め動物にとり身体を動かすための筋肉の形成は重要です。その筋肉を構成する重要な要素として、繊維状に連なったタンパク質分子の集合体があります。その集合体が形成できなければ、動物は生き物として生活できません。もちろん、新型コロナウイルス〝ＳＡＲＳ－ＣｏＶ－２〟に感染しても身体の健康を維持できるためには少なくとも抗体と呼ばれるタンパク質分子が作り出される必要があります。生き物が生き物であるためには、ＤＮＡ分子が持っている情報からタンパク質分子が合成されなければならないのです。

分子生物学者ヴォルキンと分子生物学者アストラカンは、大腸菌にT2ファージというウイルスを感染させたとき、大腸菌が持つDNA分子ではなくT2ファージのDNA構造によく似た特別なRNA分子が合成されることを突き止め、そのことを1956年に発表しました。その結果を知った仏国パスツール研究所の分子生物学者ジャコブと分子生物学者モノーのグループはその結果が持つ意味の重要性に気づきました。すなわち、細胞の核の中に折り畳まれているDNA分子が持つ情報の一部が、あるタンパク質分子の合成に必要な部分に相当しているとき、その部分のDNA情報が長鎖状RNA分子としてコピーされ情報伝達媒体になるというわけです。そして、そのRNA分子は、タンパク質合成装置として働く分子複合体であるリボソームへ向かい、タンパク質合成のため、それと結合するということに気づいたわけです。これにより、タンパク質分子の合成メカニズムが、分子生物学的に理解できたことになります。その合成にかかわったRNA分子こそmRNA分子です。これは、分子生物学的に現象を理解して脳を活動させるという方法が持つ重要性に気づいたことを意味します。その重要性は、ジャコブとモノーにノーベル生理学・医学賞を1965年に受賞させました。

ＤＮＡ分子が持つ情報からタンパク質分子の合成を導くメカニズムは、生物が生き物として存在することを許す１つの基本要件になるわけです。それゆえ、タンパク質分子の合成装置であるリボソームは、必須の分子複合体の１つということになります。２０２２年現在、継続している努力の１つは、細胞内におけるリボソームの形成に関わるメカニズムの完全解明です。

リボソームのサブユニットの精密な構造については、３名の構造生物学者ヴェンカトラマン・ラマクリシュナン、トーマス・Ａ・スタイツ、そしてエイダ・Ｅ・ヨナスによって２０００年に解明され、その功績は３名に２００９年のノーベル化学賞を受賞させました。リボソームは、数本のＲＮＡ分子と50種類ほどのタンパク質分子とからなる複合体です。その複合体の立体構造の詳細はＸ線構造解析の手法による精密な測定からもたらされたものです。

「ＤＮＡが持つ情報の特定部分に対応するｍＲＮＡ分子が作られ、そのｍＲＮＡ分子からタンパク質分子が合成される」というプロセスは、分子生物学の基本原則として見なされるとクリックは1958年に指摘していました。mRNA分子が持つ情報は、アミノ酸分子の結合順序に関わる情報です。そして、リボソームと結合したmRNA分子がリボソームに行わせることは、20種類のアミノ酸分子の中から必要なアミノ酸分子を選び出し、そのアミノ酸分子をリボソーム・mRNA結合部分に結合させることです。

同様に、次のアミノ酸分子を選び出しそれをその結合部分に結合させます。このような逐次プロセスを経て、複数のアミノ酸分子からなる鎖としてのタンパク質分子をmRNAはリボソームを使って合成させています。ただし、この逐次プロセスが進むためには、アミノ酸分子の選び出しと運搬とに関与している分子が細胞内に存在していなければなりません。

細胞内にはアルファベットのL字型に類似した形に折り畳まれた小さめのRNA分子が複数の種類あります。1つの種類のRNA分子1つは、その種類に対応する1つの種類のアミノ酸分子1つと結合できます。このRNA分子がリボソームのところまでアミノ酸分子を運ぶ役割を担っていたのです。アミノ酸分子を運ぶそのRNA分子とは、トランスファーＲＮＡ（ｔＲＮＡ）分子のことです。

ｍＲＮＡ分子の特異部位にリボソームが結合し、その結合部位に合致したｔＲＮＡ分子が結合し、そのｔＲＮＡ分子が持つアミノ酸分子が、既に留め置かれている別のｔＲＮＡ分子が持つアミノ酸分子と結合させられると、留め置かれていたｔＲＮＡ分子はアミノ酸分子を残してリボソームから離れます。このプロセスが繰り返され、ｍＲＮＡ分子が情報として持つアミノ酸分子の結合順序を持ったタンパク質分子が最終的には合成されるというわけです。

（2）治療薬としてのｍＲＮＡの利用を求めて

ｍＲＮＡという巨大分子

ｍＲＮＡワクチンは、新型コロナウイルスが表面に持っているスパイクタンパク質分子と同じアミノ酸配列を持つタンパク質分子がリボソームで合成されるように設計されたｍ

RNA分子ということになります。このような医療テクノロジーに関わる最も初期的なアイディアは米国のマロゥン自身による実験の結果から示唆され、mRNA分子を薬として使用できる可能性は1988年には既に言及されていました。もちろん、ワクチンとしてのmRNA分子の利用は特殊な使い道の一例にすぎません。mRNAワクチンの成功が意味していることは、mRNA分子の医療への利用に関しさまざまな方向に伸びる道の出発点に立つことを許したということです。

細胞の外から導入したmRNA分子に基づいて有用なタンパク質分子を細胞自体に作らせることができれば、タンパク質分子がもたらす効果に依存した治療効果が引き出せることになるわけです。このアイディアに従って、マウスの筋肉に人工のmRNA分子を投与した研究の例は1990年に既に報告されています。

COVID-19に対するmRNAワクチンの成功に刺激されて、ワクチン開発に特異的に関心を集中させた資本投入の計画が公によって立案されているという報道が2021年の晩秋にありました。ワクチン製造はこれからも継続的に必要なことです。ただし、ワクチン開発のみに特異的な関心を導くような「思い込み」からは、脳を自由にし、開かれたニューロンネットワークの活動が許されるべきです。そのような「思い込み」から脳を自由にし、開かれたニューロンネットワークの活動が許されれば、さまざまな価値と結びつくｍＲＮＡ分子の多様な使用形態が導かれる可能性を高めます。そのことこそが、ｍＲＮＡワクチンの成功が意味していることなのです。なお、ｍＲＮＡワクチンへの道のりは２０２１年の“Nature”Vol.597 p.318に紹介されています。

人工合成ｍＲＮＡ分子の分解されやすさ

そもそも、細胞の外から導入されたｍＲＮＡ分子は細胞内において速やかに分解されてしまうという問題に研究者は長い間突き当たっていました。何をどうしたら良いのか全く見当がつかないその問題の深刻さは、学んできた知識に依存しているだけでは克服できない困難であるかのように見えていました。細胞内でのｍＲＮＡ分子の分解されやすさを回避する方法が見出せない状況の深刻さは、ｍＲＮＡ分子の製造コストの高さと相まって、１９９０年代から２０００年代末近くまでｍＲＮＡワクチンに関して研究を継続していた会社のほとんど全てに、研究継続断念の道を選ばせた歴史があります。ｍＲＮＡワクチン研究に関する研究費を別の研究に投入したほうが会社にとっても投資家にとってもメリットがあると判断されたわけです。ｍＲＮＡ分子を医療に適用することに関しては、助成金交付の取り止めを決断した公を含めて、投資家も会社も断念していたのです。

細胞内のタンパク質分子合成装置であるリボソームによるタンパク質分子合成は細胞内で作られたｍＲＮＡ分子が持つアミノ酸配列情報を翻訳しながら進行し、その合成が終了すると、リボソームを構成する翻訳因子部分がそのｍＲＮＡ分子から離れ、その代わりに分解酵素因子が結合し、その分解酵素因子によってｍＲＮＡ分子は末端から逐次分解されていきます。

一方、ワクチンを含むさまざまな治療薬として用いることを目的とし人工的に合成された人工ｍＲＮＡ分子は、細胞内ｍＲＮＡ分子と同じ塩基配列を持つ場合でさえ、細胞内ｍＲＮＡ分子とは異なるメカニズムで分解されてしまいます。治療薬として細胞外から導入されたｍＲＮＡ分子は細胞にとって異物であるため、リボソームの活動を途中で止めて、それを速やかに分解しなければならない必然性があるわけです。

人工ｍＲＮＡ分子が細胞内に取り込まれると特別な酵素（オリゴアデニル酸合成酵素）が活性化し、それが引き金となって合成される特殊な化合物（２－５Ａ）が、不活性な状態にあるＲＮＡ分解酵素を活性な状態に変えます。一方で、人工ｍＲＮＡに結合したリボソームによるタンパク質分子の合成作業は停止させられます。そして、作業停止したリボソームに特殊な因子（Ｄｏｍ 34）が結合し、それに続き、活性化されたＲＮＡ分解酵素による人工ｍＲＮＡ分子の分解作業が開始され、人工ｍＲＮＡは急速に分解されてしまうというわけです。

細胞の外から細胞内に導入されたｍＲＮＡ分子が速やかに分解されてしまうという状況は、目的のタンパク質分子が十分な量合成できないことを意味します。人工ｍＲＮＡ分子に対し求められる細胞内での安定性は重要です。その安定性は、人工ｍＲＮＡ分子の分解メカニズムに関与する因子の活動を阻害すれば、実現できる可能性があります。その可能性は２０１８年11月名古屋市大の星野真一教授らを中心とした研究グループによって突き止められています。

ただし、細胞内での人工ｍＲＮＡの分解しやすさを改善するための試みは前述の試み以外にもあり、２０２２年現在、異なる試みに基づく複数の研究が行われています。これまでの研究が既にもたらしてきた成果、特に２００５年の論文に示された成果は、人工的に合成されたｍＲＮＡ分子を治療薬として適用することを目指す目論見に対し、幾つものベンチャー企業の関心や一部の投資家の関心を高めることに既に寄与しています。

その成果が示すことは、細胞外部から導入されたｍＲＮＡが細胞内において速やかに分解されてしまうという現象を避けるための試みとして、タンパク質分子の合成に支障をきたさないような特殊な構造変更をｍＲＮＡ分子に施すということです。ｍＲＮＡワクチンに関するブレイクスルーを達成させたカリコ博士の試みはそのカテゴリーに属しています。そもそもは、それは免疫反応を避けようとした試みでしたが、細胞内での分解されやすさを回避する結果も導いたのです。２００８年の論文は、その結果を示すものです。

サイエンスの情報とは

科学論文を介して得られる知識は、特許権により強力な制限を受けるテクノロジーの知識と異なり無償で誰でも利用できます。これはサイエンスの知識とテクノロジーの知識との間の決定的違いの１つです。ｍＲＮＡワクチンの成功を導いた研究成果が記述されている論文もその例外ではないのです。ｍＲＮＡワクチンの成功を教訓として、社会も、投資家も、会社も、公も、テクノロジーや利得の追求から独立しているサイエンスの知識に対し尊重する姿勢を成長させるべきです。特許権というショウウインドウの枠の外に位置する無償の存在に対し「何の役に立つ」と軽視するような「思い込み」からは脳を自由にすべきです。

気づく方法を含めて気づきを届ける作業として、サイエンスの活動はあります。サイエンスの活動がもたらした気づきに対して、どのようにしてそれに気づけたかを問うことはサイエンスの活動をする人間にとって重要です。気づきの方法を新しい別のテーマに適用すれば、それから解決するヒントが得られることがあるからです。人間はどうしてそれに気づけずに今まで来たのかという問いを発することも重要です。この問いは、サイエンスの活動を超えて哲学の活動を各自にもたらします。その重要性に人間は気づくべきです。なお、今まで、なぜそれに気づけずに来たのかを問えるように仕向ける手助けは、気候変動の問題を含めサイエンスが行うべき活動の1つです。

(3) mRNAワクチンの製造を可能にしたサイエンス

免疫反応を誘導しないmRNA分子

mRNA分子の構成要素の1つである「ウリジン」をトランスファーRNA分子の構成要素の1つである「スードウリジン」に置き換えた改変mRNA分子は、免疫応答から逃れ炎症反応の発生を抑制できるということを、カリコ博士は米国の免疫学者ワイスマン教授との共同研究によって突き止めました。その研究成果こそが、2005年にエルゼヴィアが刊行している学術誌"Immunity"に発表された論文です。

その研究成果にたどり着く前のことです。ＨＩＶ／ＡＩＤＳに対するｍＲＮＡワクチンの開発を１９９７年から進めていたカリコ博士は、合成したｍＲＮＡ分子をマウスに注射すると重い炎症反応が起きてしまうという不具合に突き当たっていました。治療薬として細胞の外から導入されたｍＲＮＡ分子は、細胞内において速やかに分解されてしまうということだけでなく、治療薬として合成されたｍＲＮＡ分子の存在に免疫細胞が気づくと免疫系の活動が開始され、免疫反応に基づく炎症が発生していたのです。

ＣＯＶＩＤ－19に対するワクチンとして使われているｍＲＮＡ分子は、新型コロナウイルスの表面にあるスパイクタンパク質分子のアミノ酸配列に関する情報を保持しています。そのｍＲＮＡ分子に基づき細胞内で合成されたタンパク質分子に対し免疫応答を事前に導き、侵入してきたウイルスに対する免疫反応を効率よく生じさせようとすることが、ｍＲＮＡワクチンが狙う効果です。

人間だけでなく細菌もｍＲＮＡ分子を合成します。身体に入り込んだ細菌が作ったｍＲ

NA分子を使って身体を構成する細胞たちがタンパク質分子を合成するようでは、健康を維持できません。従って、人間を含むわたしら哺乳類の身体の免疫システムはmRNA分子に付加した目印を通して自分自身のmRNA分子と細菌が作ったmRNA分子とを区別しているはずです。細菌が作ったものに対しては、免疫システムは、免疫反応を活性化させそれを分解してしまうはずなのです。人工のmRNA分子も細菌のmRNA分子と同様に異物だと認識され免疫反応が生じ、それが除去されることになるという状況は当然に予測できるわけです。

もちろん、身体を構成する細胞が作るmRNA分子は、異物扱いされません。免疫システムから異物扱いされずに済むような未知の目印を、それは持っているはずです。人工的なmRNA分子中のどこかに何らかの目印を化学反応を通して付加してやれば、そのmRNA分子は免疫システムから異物扱いされずに済むはずだと予測されるわけです。そのようなmRNA分子を作ることができれば、人工的なmRNA分子であっても免疫反応により分解されることなく、目的のタンパク質分子の合成を各細胞内で行わせることが可能になるはずです。

この考え方は、人工ｍＲＮＡ分子を構成するどれかの塩基のどこかの部分に化学的な変更を加えるか、または糖の分子のどこかの部分に化学的な変更を加えるかを要求しています。それは、さまざまな可能性を試みる必要性を求めているのです。もちろん、さまざまな組み合わせのうちのどれかに目的達成に向かう道が開けているというような保証はありません。それでも、どの部分でのどんな変更が、免疫反応の抑制あるいは回避を可能にするか実験的に調べる以外に目的の道を探るすべはないです。

試みられたどの実験も繰り返し期待を裏切る結果しか導かなければ、実験資金の提供者はいなくなります。それでも、考え方を支える論理が正しく未知への好奇心が強ければ、期待が裏切られたとしても実験結果を分析し確からしい道を探して修正を繰り返す試みを、その好奇心は何十年も続けさせます。当然、道が照らし出されていないのであるから先読みなど完全に不可能な状況です。先読みができない状況下で行うべきこととは何かに、研究者の取り組み姿勢から、投資家も、会社も、公も、社会も気づかされることがあるはずです。

結局、長い鎖状分子であるＲＮＡ分子の構成要素である小さな分子の１つに部分的な化学的変更を施すと、免疫反応が抑えられるということが突き止められたわけです。その小さな分子とは、ウラシル分子と糖の分子との結合体であるウリジン分子のことです。すなわち、ウリジン分子をスードウリジン分子に置き換えられたｍＲＮＡ分子であれば、それを身体に導入したとき、免疫細胞はそれを異物として認識しなくなるのです。カリコ博士らはその結果を２００５年に論文として発表したというわけです。

細胞内部で分解抑制されるｍＲＮＡ分子

ウリジン分子をスードウリジン分子に化学的に変更し合成されたｍＲＮＡ分子は、細胞内に導入されたとき、ＲＮＡ分解酵素の働きから十分に逃れ、分解されにくい特性を備えていました。このことは、実験的に突き止められ、２００８年の米国遺伝子治療学会の学術誌"Molecular Therapy"に論文として発表されたのです。ウリジン分子をスードウリジン分子に化学的に変更させたｍＲＮＡ分子は、免疫による分解反応を逃れる能力を持つだけではなかったのです。

そもそも、スードウリジン分子の存在は、細胞内に存在する特別なＲＮＡ分子の中に見出すことができます。細胞内に存在するアミノ酸分子の運び屋であるｔＲＮＡ分子の構成要素の１つが、スードウリジン分子になっているのです。この事実は、人工のｍＲＮＡ分子内でウリジン分子に相当する部分がスードウリジン分子に置き換えられたことの意味の正しさを一層明瞭にしています。

照らし出された道に気づけない脳

ウリジンを「スードウリジン」で代替しｍＲＮＡ分子を合成するテクニックは、ワクチン製造に関する新しいテクノロジーの確立に向かう道を鮮明にかつ具体的に照らし出したことを意味します。２００５年の論文に指摘された改変ｍＲＮＡ分子に関わる研究成果は、２００８年の論文に示された結果とともに、ワクチン開発を飛躍的に進化させる道を照らし出したことになります。しかし、２００５年の論文によって指摘されたことが持つ医療技術上の価値に気づけた研究者は、当初ほんの少数にすぎませんでした。

２００５年当時、ほとんどの研究者は、こうした改変ＲＮＡ分子が治療に役立つと認識していませんでした。ただし、その可能性に気づき始める研究者は少しずつ現れました。

２０１０年９月、米国マサチューセッツ州にあるボストン小児病院の幹細胞生物学者デリック・ロッシ博士の研究チームは、改変ｍＲＮＡ分子を使って、皮膚などの組織を構成している繊維芽細胞を万能細胞の一種であるＥＳ細胞に変えることに成功し、さらにそのＥＳ細胞を、収縮可能な筋肉組織に変えることに成功したと発表していました。この発見は研究者の注目を集めました。その後、ロッシ博士は米国マサチューセッツ州ケンブリッジに拠点を置く例のバイオベンチャー企業モデルナ社を２０１０年に共同で立ち上げたわけです。

ドイツでは、夫妻であるウール・シャヒン博士とエズレム・テュレジ博士も２００５年の論文の価値に気づき、バイオベンチャー企業ビオンテック社を２００８年に立ち上げていました。２０１３年からは、カリコ博士がビオンテック社での研究に加わり今日に至っています。

（4）ｍＲＮＡワクチン製造を可能にした２００５年の論文

ウリジンのスードウリジンへの変更について

ウリジンをスードウリジンという類似体に替えて合成された改変ｍＲＮＡ分子が望ましい性質を備えていることを認めたとしても、それがｍＲＮＡワクチンの実現のために不可欠なことであるかどうかに関しては、２０２１年末現在、研究者の間で論争が続いているようです。２０２１年の年明け後間もなくのテレビインタビューや解説において、専門家がｍＲＮＡワクチンの効果に関して懐疑的な解説をしていたことを覚えている方々も多いはずです。事実、改変ｍＲＮＡ分子を使わない道を選択し研究を進めている製薬会社もあります。ビオンテック社＋ファイザー社およびモデルナ社は改変ｍＲＮＡ分子を製品として使用する道を選択しました。

ｍＲＮＡワクチンの3回目の接種は、わたしの生活拠点である街では2022年2月から始まりました。改変ｍＲＮＡからなるメッセンジャーＲＮＡワクチンがもたらしている接種の有効性は、多くの人間が実感している通りです。この状況を見て、ｍＲＮＡワクチン製造技術にとってスードウリジンの使用は必須の要件であるという考えをｍＲＮＡの専門家の一部が持ち始めてきているようです。これまで蓄積してきた知識がもたらす「思い込み」から脳を自由にし、開かれたニューロンネットワークの活動に支えられて、ブレイクスルーの受け入れが進んでいるようです。

ただし、脳の中に既にある知識同士の間に合理的関係性を論理的に築く活動を脳に許さない脳の状態から脳を自由にできない状況、そんな状況が、何らかの理由に基づき生じれば、ブレイクスルーの受け入れを拒む脳の活動が維持されても不思議ではないです。学んできた知識に照らし出されている道に沿って、学んできた知識に従うニューロンネットワークの活動に基づき、別の可能性を脳に描かせることはあり得るからです。そのような活動を脳にさせることとは、相対性理論で見られたように、決してゼロになることはないのです。もちろん、そのような脳の活動を単純に否定するべきではないです。そこから別のブレイクスルーが現れるかもしれません。そもそも、ブレイクスルーとは、多数の賛同が得やすい事柄とは正反対の位置にあるものです。ブレイクスルーは、多数の関心も賛同も得られないこととして出現するのです。そのことを、ｍＲＮＡワクチンの成功は、投資家に、公に、会社に、そして社会に気づかせているはずです。

ＣＯＶＩＤ－19に対するワクチン接種で使われているｍＲＮＡワクチンでは、スードウリジンにさらに化学的変更を加えたメチルスードウリジン分子がウリジン分子と置き換えられ合成されたｍＲＮＡ分子が用いられています。ウリジン分子をメチルスードウリジン分子に置き換えることからは、タンパク質分子の合成効率をさらに上げる効果が引き出されているのです。

ｍＲＮＡワクチンの恩恵を受けた投資家、その恩恵を受けた会社、その恩恵を受けた公、その恩恵を受けた社会、そして神社仏閣に出向きＣＯＶＩＤ－19の収束祈願をした人間、全てが、ｍＲＮＡワクチン製造技術の確立に向け照らし出された道が持つ価値に気づけたはずです。ブレイクスルーにたどり着くための道を探す試みは、遅々として進まず先行きが見えず決して効率的に進むことがない長期的な試みです。しかし、そのような試みが持つ価値にｍＲＮＡワクチンは気づくことを許したはずです。

（5）ｍＲＮＡワクチンの成功が気づかせること

分子生物学に支えられた最先端テクノロジーへの認識

パンデミックが認識される前の２０１９年、中国武漢の医師が悲痛な思いで訴えていた感染症の特徴こそ、無症状感染者を介し感染が広がり得るというＣＯＶＩＤ-19が持つ特異な性質です。この性質は大型航空機による地球規模な移動を伴った活動と相まって対岸を超えＣＯＶＩＤ-19を広げること、物の生産を滞らせること、物の売買を滞らせること、サービスの提供を滞らせること、各種フェスチバルの開催を滞らせること、そして医療衛生上の難しい対応を要求すること、それらを世界の人間に学ばせました。２０２１年の後期に現れたオミクロン株の例でも、惑星上のどの地域にとっても対岸の火事ということにならないことが、確認できます。変異を繰り返すウイルスにより新たな感染が起こり、無症状感染者を介しその感染が広がり得る場合、感染拡大のリスクが高くなる必然性があります。このような状況に対し、短期間で量産できるmRNAワクチンというブレイクスルーが達成されていた事実は人間にとり幸いでした。

今日COVID-19に対するワクチン接種で使われているmRNAワクチンは、mRNA分子を脂質分子でできたナノサイズの微粒子カプセルに封入しその微粒子を生理食塩水中に懸濁させたコロイド溶液です。mRNAワクチンを細胞内に運ぶためのカプセルに相当する脂質ナノ粒子の形成に関わる基本技術は2010年に考案されていました。その技術に助けられ、ジカ熱や狂犬病などの感染症からがん治療まで各種の病気に対するmRNAワクチンが作られ、臨床試験が行われるようになっていきました。狂犬病に対するmRNAワクチンは2013年に臨床試験で試されていました。ジカ熱に対するmRNAワクチンに関しては、2017年に臨床試験が始まっていました。

遺伝子変異が高い頻度で生じるようながんに対しては、抗体を用いた免疫療法におけるその抗体の有効性は、短期間のうちに失われてしまいます。がんの遺伝子変異に即座に対応可能な抗体の準備が求められます。ｍＲＮＡ分子を用いれば、そのような抗体による免疫療法が可能になるはずです。この予測に基づいて、ビオンテック社はｍＲＮＡ分子によるがんワクチンの研究を２０２３年頃には完成させようと計画しています。

ｍＲＮＡワクチンの開発は、がんワクチンの場合もＣＯＶＩＤ-19ウイルスの場合も同じです。各細胞に合成させたいタンパク質分子のアミノ酸配列に対応する塩基配列を持ったｍＲＮＡ分子を合成し、得られたｍＲＮＡ分子を脂質分子からなるナノ粒子カプセル中に封入することによってワクチンはできます。

ｍＲＮＡワクチンに象徴される医療技術の有効性を予測しその技術を確立することには、各細胞内のタンパク質分子、ＤＮＡ分子、ＲＮＡ分子などに代表される巨大分子同士の間で生じる相互作用に関する理解を助ける研究領域の活動への興味が不可欠です。細胞内の各分子が携えている特別な機能を扱うテクノロジーは、コンピュータのＣＰＵの開発と製造に関わるテクノロジーとは性格が異なります。細胞内の巨大分子の振る舞いにかかわる研究成果の応用としてのテクノロジーは、金属機械産業、家電電機産業、建築土木産業、繊維プラスチック産業、化学薬品産業、自動車産業、造船航空機産業などの産業領域におけるテクノロジーとも性格が異なります。もちろん、その研究領域への興味とそれを行う意志さえ持てば、ＣＰＵの開発に携わる研究者であっても文学や経済学の研究者であってもどの領域の研究者であっても、細胞内の巨大分子を扱う領域でブレイクスルーを達成させるポテンシャリティーを持ちます。シュレーディンガーやデルブリュックのような先駆者は良い例です。

テクノロジーに関して、惑星上のどの地域の、どの社会、どの会社、どの研究所で確立された今日的技術より優れたものを提供できるという思いを維持している場合、その技術の中に原子の存在、分子の存在、あるは生命現象に関わる巨大分子の存在に関わるものが含まれていて当然です。また、その技術の中に、量子力学に依存するもの、相対性理論に依存するもの、あるいはそれらのいずれとも関係するものが含まれていて当然です。

イメージとして刷り込まれている技術の今日的性格は、テクノロジーの開発を進展させる方向とそのために照らし出される道の性格を決めます。生命現象と結びついた巨大分子に関わるイメージがないまま、巨大分子と生命現象に好奇心が生まれるわけがありません。生命現象と結びついた巨大分子に関わるイメージがないまま、ｍＲＮＡワクチンの製造技術を確立できるわけがありません。アンジェス社により開発されたＤＮＡワクチン、オックスフォード大学とアストラゼネカ社により開発されたウイルスベクターワクチンなどの製造技術の確立も同様です。さらに、遺伝子組み換えした酵母菌細胞によるワクチン製造技術の確立も同様です。ただし、有精卵を用いたワクチン製造技術、マウスなどの動物を用いたワクチン製造技術、および動物の細胞の培養によるワクチン製造技術は、分子生物学領域での最新の研究成果に依存しなくて済むかもしれません。そのようなワクチン製造技術への関心を放棄する必要はないです。ただし、進化した技術の提供に関し高い誇りを持つのであれば、その技術は、サイエンスが提供している最新の研究成果が考慮されたものであるべきです。２０２１年末の時点に、ＣＯＶＩＤ‐19による感染を抑制するための技術を進歩させる目的で公と会社とが数千億円の追加投資を決定したと報じられました。当然、その技術開発の進展にはサイエンスの最新の研究成果への配慮があるはずです。少なくともｍＲＮＡワクチンの製造技術の開発には、分子生物学の領域での最新の研究成果への関心が不可欠です。幸い、ワクチンを含む種々の治療薬としてｍＲＮＡ分子を適用していくための道は、既に具体的に照らし出されています。

事実、ＤＮＡ分子の一部に生じた塩基配列の不具合で望ましいタンパク質分子が合成できないために起こる病気に対する治療薬として、そのタンパク質分子の合成を可能にする人工合成ｍＲＮＡ分子を身体に注入すれば、ＤＮＡ分子由来の病気を克服できると予測されています。各種のウイルス感染への対応としての人工合成ｍＲＮＡ分子の有効性は、ＣＯＶＩＤ‐19に対するｍＲＮＡワクチンの有効性から誰もが認識している通りです。細胞を初期化させるＤＮＡ分子中の４つの重要な因子に対応する人工合成ｍＲＮＡ分子を用いれば、原理的には、ｉＰＳ細胞の作製ができると予測されています。がん細胞が作り出しているタンパク質分子と同じものが細胞内で合成できるように人工合成されたｍＲＮＡ分子を体内に導入すれば、免疫細胞たちにがん細胞を攻撃するよう仕向けられます。細胞内に導入された人工合成ｍＲＮＡ分子が、必要量のタンパク質分子を合成し終えるまで必要な安定性を維持できるのであれば、さまざまな医療のために利用できる可能性が予測されているのです。

第4章　無症状感染者は病人ではないこと

パンデミックを抑制するための分析能力

新型コロナウイルス感染症ＣＯＶＩＤ－19に対するワクチン接種に関して、たびたび医療の専門家は、ワクチン接種による副作用のリスクがゼロでないとしても、ワクチン接種の効果がもたらすメリットは、そのデメリットをはるかに上回るものであると指摘しています。その指摘は、デメリットのメリットに対する比が、公表されていませんが、許容値以下であるということを意味しています。

デメリットのメリットに対する比が持つ意味を考える役割はサイエンスにあります。テクノロジーには、その役割はありません。もし、デメリットのメリットに対する比が持つ意味に倫理的な問題が関与する場合は、サイエンスだけでなく哲学、社会学、その他関係分野も、その意味を明確にする役割を負います。

デメリットのメリットに対する比が持つ意味に対し論理的合理性も客観的根拠も伴わな

い「思い込み」が関与しているとき、その「思い込み」にこだわる状況は望ましくない事態に直面するリスクを高めます。その「思い込み」を生み出しているニューロンネットワークの活動が導く判断は、現状に合致していない可能性が高いからです。その「思い込み」が脳に導く望ましくない意志と望ましくない判断を避けるため、その「思い込み」から の自由が脳にもたらされなければなりません。文明を長続きさせるためにです。

カーブで速度を落とさなければならない状況にあることをわかっていながら、列車の運行時刻を守ろうとする判断を優先させることにより発生させた事故は、偶然のエラーではなく「思い込み」に依存した意図的な選択が原因させた事故ということになります。地球温暖化の原因が人間の活動にあることは疑いようのない事実であるとＩＰＣＣ（気候変動に関する政府間パネル）が指摘していることを知っていながら、経済活動のあり方への変更なしで現状のままの関心を持ち続けることからもたらされる不具合は、偶然の成り行きがもたらすことではないです。それは「思い込み」に依存した意図的な選択が原因させていることになります。また、大津波の予測を知りながらそれへの対策を避けたことによる被災に関しても、偶然の災害ではなく「思い込み」に依存した意図的な選択が導いたことになります。

ワクチンが十分な量なくてさえ自動化されかつ高速化されたPCRの検査を積極的に実施することは、無症状感染者を介してのコロナウイルス感染症COVID‐19の拡散を抑制する手段になります。2019年に中国武漢の医師が指摘していたコロナウイルスの特異な拡散形態は、無症状感染者を介した拡散形態でした。事実、ジュゾランピックでは競技者や競技関係者にPCRの検査を積極的に行う処置がとられていました。テクノロジーに関し技術水準の高さを誇りとしている優れた脳は、自動化されかつ高速化されたPCRの検査を容易に実行できる状況を作り出して当然です。技術水準の高さがあるにもかかわらず、その状況を選択しないのであれば、偶然ではない「思い込み」が寄与していることになります。

自覚症状なしでウイルスを保持している無症状感染者から感染が発生し得る事態に、強い危機感を持つべきだと中国武漢の医師が切迫感を持って社会に訴えていたのは2019年のことです。フランスでは、薬局でPCR検査が無料で受けられる体制が極めて早い段階で整っていました。わたしのテリトリー近辺では２０２２年に入って一部の薬局で無料のＰＣＲ検査が受けられるようになりました。技術力を誇ることを誉れとしているのであれば、ジュゾランピックでとったような積極的なＰＣＲの検査の実施は最先端のテクノロジーに基づいていつでも可能なはずです。自動化されかつ高速化された検査や精度の高い簡易な検査を可能にする技術水準にないという「思い込み」があるのであれば、ＣＯＶＩＤ-19の拡散を抑制するために、そして技術力の高さへの誇りを誉れとするために、それから脳を自由にし誇りを取り戻す技術開発をすべきです。

ウイルスに対する「思い込み」から脳の活動を自由にすること

ＣＯＶＩＤ-19を引き起こすコロナウイルスは、コウモリの細胞の中にコウモリを病気にすることなく静かに細胞とともに共存しています。ウイルスと宿主の細胞が平和的に共存している例は珍しいことではないことが知られています。そのような例とは単純に一致しないとしても、無症状感染者という健康な人の細胞の中にもウイルスは静かに存在し続けていることになります。

一般的には、多くのケースで宿主となった感染者の細胞はウイルスを増やす場となり、ウイルス感染は発病を原因します。その結果、ウイルスは宿主の命を奪うことがあるわけです。そのときウイルスも生存できない状態に追い込まれることになります。このような関係はウイルスにとって望ましくはないです。従って、宿主とウイルスの共存関係が生まれるわけです。そのような例は、コウモリだけでなくさまざまなケースから見出されています。そもそも、わたしら哺乳動物だけでなく、鳥類、昆虫、海洋生物、植物などの惑星上の生物の豊かな多様性はウイルスへの感染を介して達成されてきたことがわかってきています。それを裏付ける根拠が見つかってきているのです。単に共存しているというだけでなく共生関係さえ形成されているのです。

ウイルス自体は、DNA分子あるいはRNA分子がタンパク質分子と複合体を形成しただけの単純な状態で存在しています。COVID‐19を原因しているコロナウイルスもインフルエンザウイルスもRNA分子とタンパク質分子の複合体として形成されているRNAウイルスです。RNAウイルスの中でもレトロウイルスと呼ばれているグループに属するウイルスは、逆転写酵素を使ってＲＮＡ分子からＤＮＡ分子を合成し宿主のＤＮＡ分子中にそれを組み込むことをして自らの増殖を可能にしています。その結果として、宿主のＤＮＡ分子は、レトロウイルス由来のＤＮＡ断片を保持することになります。

この現象あるいはそれに類似した現象の痕跡であり、さまざまな種類のウイルスに感染した痕跡であるいろいろなＤＮＡ断片が、人間の遺伝子中に見出されています。人間の全遺伝子解読すなわち全ヒトゲノム解読の結果として、そのようなＤＮＡ断片が人間の全遺伝情報の約46パーセントを占めているという事実が突き止められています。

その内、宿主との共存状態を決めたヒト内在性レトロウイルスと呼ばれている増殖能力を失った一種のウイルスはヒトゲノムの９パーセントを占めています。それは数千万年前に感染したレトロウイルスの断片と見なされています。また、レトロウイルスのように自分自身に相当するコピーをＤＮＡ断片としてゲノム自体の中に侵入させる能力を持つレトロトランスポゾンと呼ばれる「動く遺伝子」は、ゲノム内あるいは細胞間を移動でき、それはヒトゲノムの34パーセントを占めています。さらに、ＤＮＡウイルスが持ち込んだものと推定されているDNAトランスポゾンは、ヒトゲノムの3パーセントを占めます。

人類を人類ならしめた進化の立役者はウイルスだったという理解が深められつつあります。人類の先祖である霊長類を出現させた原因に、レトロウイルスが持ち込んだレトロトランスポゾンに相当する遺伝子の劇的な増加が関与していると推定されているのです。レトロウイルスに関わる遺伝子は、生物同士の間をそのウイルスへの感染を介して、水平に移動が可能です。少し様相が異なるものの、カナダから米国フロリダの大西洋沿岸に生息している特別なウミウシの例は、植物から動物への遺伝子の移動が見られる特別な例になっています。この例では、緑藻の細胞内で光合成が行われるために必要となる遺伝子が、そのウミウシの細胞に持ち込まれています。そのウミウシの細胞の核からは、事実、その遺伝子を持ち込んだと推定されているレトロウイルスの痕跡が内在性レトロウイルスとして見つかっているのです。動物であるそのウミウシは植物のように光合成だけで生きることができるのです。このことは実験的に確認されている事実です。

ゲノム解析の結果は、人間やコウモリだけでなく惑星上のさまざまな生き物がウイルスと共存状態を形成している実態を突きつけてきているわけです。哺乳類が保有するウイルスは少なくとも32万種に及ぶと推測されています。ウイルスの多くは、わたしらや人間を含め惑星上の生物に、さまざまな恩恵をもたらしてきた側面、すなわち進化を伴って環境への適応を助けてきたといえる側面があることを近年の研究は明らかにしています。

わたしらも人間も含め、哺乳類の繁栄を支えている子宮の胎盤機能、その機能を発現することに寄与している遺伝子として、ウイルスに由来するＤＮＡ断片が重要な役割を果たしていることがわかっています。母親の免疫系にとり、父親由来の遺伝子の発現に伴うものは異質な存在であり、普通であれば母親の免疫細胞が引き起こす免疫反応によって胎児は拒絶され破壊されてしまうことになります。わたしらも人間も含め哺乳類の胎盤の上皮は、複数の細胞が融合した結果として形成される合胞体からなり、１つの細胞に複数の細胞核が含まれています。

この上皮は、拒絶反応の原因となる母親のリンパ球が胎児の血管に入り込まないように阻止する障壁の役割を果たしていることがわかっています。２０００年の“Nature”Vol.

403, p.785に発表された論文によれば、妊娠するとヒト内在性レトロウイルスが活性化しその活動によって、シンシチンというタンパク質が作られ細胞融合が発生させられ合胞体からなる胎盤上皮が形成されているのです。これは実験的に突き止められたことです。母親の免疫細胞が引き起こす免疫反応から胎児を守っているのは、ヒト内在性レトロウイルスの働きということになります。なお、シンシチン遺伝子として機能する内在性レトロウイルスは数千万年前に内在化したレトロウイルスの1種なのです。

記憶にとり重要な役割を果たす遺伝子として機能しているDNAの断片があります。それがウイルス由来のものであることが突き止められています。胚の成長を助ける遺伝子とか、免疫系の働きを調整する遺伝子とか、がんに抵抗する遺伝子など、それぞれの役目を担うウイルス由来の各DNAの断片も見つかっています。ヒトゲノムを構成するDNAの中に組み込まれて存在するウイルス由来のDNAの断片は、重要な遺伝子として機能を果たしていることが突き止められてきています。

また、病気を起こさず生き物の細胞と共存しているウイルスが広く存在していることが明らかになりつつあります。しかも、病気を起こさず生き物の細胞と共存しているヘルペスのようなウイルスへの感染状態は、マクロファージの活性化を高め細菌感染を抑制する効果をもたらしている可能性さえ突き止められています。近年の研究は、ウイルスに対して脳に刷り込まれた「思い込み」から脳を自由にし、開かれたニューロンネットワークの活動が必要であることを求めています。

ＣＯＶＩＤ-19からの教訓

ＣＯＶＩＤ-19を引き起こす新型コロナウイルスの場合は、無症状感染者という健康な人の細胞の中にコロナウイルスが静かに存在しているだけでないという事情が、社会的な問題を発生させています。無症状感染者に依存した感染拡大のリスクが無視できないという現実を、真剣に受け止めたかどうかは別として、その問題は中国武漢の医師が２０１９年12月に悲痛な思いで指摘していたことです。そもそも、国際的商業・工業都市という武漢の性格上、世界からの人間の流れも世界への人間の流れも大規模です。そのことと無症状感染者による感染拡大のリスクとを結びつけて事態を分析的に思考することが、２０１

9年12月の時点に、WHOの専門家も世界各地の専門家もできていたとは言えないはずです。SARSを含む旧コロナウイルスでの経験がもたらした「思い込み」が脳の活動を占有していたはずだからです。

事実、2020年1月23日の都市封鎖後間もない武漢市に入った広東省医師団隊長の南方医科大の郭亜兵《かくあへい》教授は、「SARSを治療した経験と比較して、咳や発熱を伴わない感染者からさえ感染が広がり、SARSより診断しづらく管理や抑え込みが難しい」と、2020年2月28日のインターネット電話を介した共同通信の取材に応じて指摘していたのです。難しいことですが、学びに由来する「思い込み」から脳を自由にし、開かれたニューロンネットワークの活動がいかに必要かを郭亜兵《かくあへい》教授の指摘は示しています。

もちろん、何らかの症状を伴った感染者からの感染拡大リスクは、無症状感染者からの感染リスクより数倍から数十倍高いことは認識されています。しかし、無症状感染者からの感染リスクがゼロではないという事実は無視できません。無症状感染者は健康を害していないことから、特定されるタイミングは偶然にすぎません。従って、無症状感染者からのウイルスの排出可能な期間を大きな誤差なしで知ることは不可能です。このような事情があるものの、新型コロナウイルスを保有すると診察された日以降、無症状感染者がオミクロン株のコロナウイルスを排出し続けている期間はおおよそ10日未満と、ＰＣＲ検査データに基づく統計処理から評価されています。これは、国立感染症研究所による２０２２年１月の報告に示されていることです。

なお、国立感染症研究所２０２０年2月19日掲載の報告によれば、２０２０年2月3日に横浜港に入港したクルーズ船ダイヤモンド・プリンセス号での検査データは、７７・５％が陰性、２２・５％が陽性を示し、検査実施時点において陽性となった者の内、無症状者は48％を占め、発症自覚者は52％を占めるということを意味しています。このことから、陽性となるべき無症状者の人数の下限が、陽性となった症状自覚者の人数から推定できることになります。それは無視できる比率を意味しません。

コロナウイルスによる感染症の拡散がもたらす影響を抑制するためにはワクチン接種は不可欠です。また、感染者数が世界的にも多い地域ではＰＣＲ検査やそれに匹敵する検査の効果的な実施には意味があります。効果的な検査の有効性の立証は、パンデミック下で行われたジュゾランピックのレガシーの1つです。感度よくウイルス感染の有無を判別できる簡易で安価な自主検査キットの普及に関しても、ウイルス拡散の予防や早期検出の見地から意味があります。その上で、ウイルスの増殖を十分効果的に抑えることができる有効で簡易な治療薬が求められます。細胞内へのウイルスの侵入過程を含めて、ウイルスの増殖プロセス中のどこの段階の何を阻害するかに依存してウイルス増殖を抑制するさまざまな薬がありえ、既に承認されている薬が幾つか存在しています。とはいえ、正常な細胞の活動への影響を最小化してウイルス増殖の抑制を最大化できる効果的な飲み薬の追求は続けられる必要があります。

飲み薬のような簡易さはありませんが、ウイルスに結合するタンパク質分子であり抗体製剤と同等の治療効果を持つ「改変ＡＣＥ２」が、京都府立医科大学大学院医学研究科循環器内科学の星野温助教を含む複数の研究機関からなるグループによって既に開発されています。

ＣＯＶＩＤ－19を引き起こす新型コロナウイルス（ＳＡＲＳ－ＣｏＶ－２ウイルス）は、ＳＡＲＳ（重症急性呼吸器症候群）を引き起こすＳＡＲＳ－ＣｏＶウイルスにそっくりであることがわかっています。ただし、ＣＡＳ（米国化学会の一部門）の２０２０年4月の公表によれば、受容体への結合部位であるスパイクタンパク質分子に複数の変異が生じ新型コロナウイルスのアンジオテンシン変換酵素２（ＡＣＥ２分子）への結合親和性はより強化され感染力が高まっています。ＡＣＥ２分子は、肺、消化系、心臓、動脈、腎臓、血管などの細胞表面に存在し、それと新型コロナウイルスが結合し細胞内に入り込み、感染を引き起こします。ＡＣＥ２分子の発現は年齢とともに上昇し、また心疾患のある患者で高くなるため、ＣＯＶＩＤ－19の重症度が上昇するというわけです。この状況に対し、ウイルスとの結合力が約１００倍高められた改変ＡＣＥ２分子がウイルス表面を包み込んでしまえばウイルスは細胞に侵入できず、感染が防げるというわけです。

新型コロナウイルスへの対処方法を教訓として、ウイルスの検出方法、検出感度、および検出の効率化に関する進化は継続的に図られるべきです。さらに未知の特徴を保持したウイルスの出現頻度は決して高くないとしても、大地震の発生、大津波発生、巨大噴火の発生などに対する検出努力と同様に、それに対し検出方法と検出感度に関して改善の努力も続けられるべきです。これはネガティブな影響の拡大を抑制する重要な手段であり、それへの投資の必要性は、パンデミックが、公に、投資家に、会社に、そして社会に気づかせたことです。

第5章　細胞の活動はＤＮＡに制御されるとは「思い込み」？

（1）エピジェネティックスに関わる現象

DNAのメチル化

人間の身体を構成している実際の細胞は37兆個と見積もられています。受精卵が単純に45回細胞分裂を繰り返せば35兆個の細胞が形成されます。細胞分裂の結果として形成された全ての細胞は同じDNAを持っています。しかし、37兆個の細胞の一部は心臓として機能し、他の一部は肝臓として機能しています。さらに、他の一部は肺として機能し……、他の一部は免疫細胞の一種マクロファージとして機能し……、他の一部は筋肉細胞として機能し、そして他の一部は脳内の神経細胞として機能し、ネットワークを形成しています。

このようにして異なる機能を持つ270種類の細胞群が一体となって生き物としての活動を人間に許しています。37兆個全ての細胞が同じDNAを持ちながら細胞に依存して270種類の異なる機能が出現しているのです。DNAが持つ情報のうち、特定機能の出現に寄与する部分のみが解読され他の部分の解読はブロックされるという状況が生じていなければなりません。そのような状況を可能にする分子レベルの現象が関与すればこそ、２７０種類の細胞の出現が可能になるのです。

そもそも、各細胞の核に収まっている現実のＤＮＡ分子は、アデニン分子、グアニン分子、チミン分子、およびシトシン分子からなる二重らせん状の鎖状結合体と、単純に言うわけにはいきません。現実には、１つの炭素原子と３つの水素原子とからなるメチル基ＣＨ３が結合した状態のメチル化シトシン分子が、単純なシトシン分子や他の塩基と混ざって、現実のＤＮＡ分子を構成しているのです。すなわち、ＤＮＡ分子はメチル化されているわけです。しかも、ＤＮＡのメチル化に寄与するＤＮＡメチル化酵素もその逆向きに作用するＤＮＡ脱メチル化酵素も既に特定されています。

ＤＮＡ分子中のメチル化された部分にはメチル化ＤＮＡ結合タンパク質分子が結合するため、メチル化された部分はｍＲＮＡへの転写が妨害されます。これは、エピジェネティックスに関わる現象の一例を示すもので、メチル化された部分では遺伝子としての機能が失われることになります。エクソソームの形態や他の形態で、ある細胞から放出されたメッセージ物質が他の細胞に届き、それを受け取った細胞内のＤＮＡ分子上で特定部分がメチル化されるならば、その細胞はメッセージ物質を放出した細胞とは異なる機能を持つことになります。このようにして、ＤＮＡ分子上のどの部分がメチル化されるかに依存して異なる機能を持つ細胞へと分化できるわけです。

受精卵から始まった細胞分裂が複数の細胞の塊の状態に達することを許した後、個性のない細胞の塊の中に心臓の鼓動を刻む筋肉細胞の塊が最初に現れ、それらの細胞の形成を受けて肝臓機能を有する細胞が形成され、それを受けて肺機能を有する細胞が形成されるというようなカスケード的なプロセスを経て２７０種類の細胞群が形成されていくことになるわけです。細胞内のＤＮＡ分子は、その細胞周囲にどのような細胞が存在するのかに依存してメチル化の状態を変化させていることになるのです。

この現象に関連した興味深い現象の一例が、カリフォルニア大学バークレー校のミナ・ビッセル博士と彼女の研究チームの実験成果として２０１２年６月のＴＥＤのプレゼンテーションの中で、ビッセル博士自身によって紹介されていました。乳腺細胞が２次元的に広がる増殖しか許されないペトリ皿上での培養は、細胞同士の３次元的位置関係を再現できず、適切な培養方法とは言えません。しかし、３次元的配置の形成が可能になるコラーゲンのようなゲル状の物質中での乳腺細胞の培養は、乳腺細胞の本来の機能の発現を再現できるのです。そのとき、メッセージ物質を介した細胞間のコミュニケーションは一定の大きさを持つ乳腺の構造を実際の乳腺のように形成させ、増殖を自動的に停止させるのです。これは、メッセージ物質を介して遺伝子の働きが制御されていることを示します。

正常な細胞は正しいメッセージ物質を適切にやり取りし、正しい活動状態を維持しているわけです。しかも、正しいメッセージ物質の適切なやり取りは、細胞の活動状態を正常に戻すことを助ける働きもしているのです。鶏に生じるがんの一種であるラウス肉腫を原因するがん遺伝子を鶏のエンブリオに注入すると、象徴的な現象が生じます。正しいメッセージ物質による正しいコミュニケーション環境が、がん遺伝子の活動を許すＤＮＡのメチル化状態の異常さを変化させ、がん細胞の発生を抑え正常な細胞機能を導くのです。ビッセル博士が指摘した実験事実は、がん遺伝子の活動が封じられ、そのがん遺伝子を取り込んだ細胞が正常な細胞として他の細胞とともに鶏の身体の機能の一部となるということです。

細胞の3次元的配置の形成が可能になる培養物質中で正常な乳腺細胞の間でのコミュニケーション状態と同じになるように環境を整えてやれば、乳がん細胞でさえ、ラウス肉腫の遺伝子を取り込んだ細胞がエンブリオ中で、正常な細胞機能を実現したように、正常な細胞機能を取り戻し、一定の大きさを持つ乳腺構造を自発的に形成するはずです。このことをビッセル博士は実験的に検証したのです。なお、この研究成果を出すために必要であった研究資金の提供に関して、公も会社も投資家も否定的であった経緯があったようです。

ビッセル博士の研究は、がん細胞の形成に関わる1つの理由を暗示しています。すなわち、何らかの理由で細胞同士の間の正常なコミュニケーション環境が破綻すれば、その結果として、DNA分子中のがん遺伝子の脱メチル化、あるいはがん抑制遺伝子のメチル化が生じ得るということです。がんの発生に、エピジェネティックな現象の関与があり得るわけです。事実、多くのがん細胞でＤＮＡ分子のメチル化状態の低下が突き止められています。

その他に、がん細胞のＤＮＡ分子中に見出される塩基配列の変化のうち約30パーセントが、シトシンからチミンへの変化によって占められていることが突き止められています。ＤＮＡ分子中でのこの塩基配列の変異は、メチル化シトシンがチミンに変化しやすいという化学的性質が原因しています。もし、がん抑制遺伝子にメチル化が生じていれば、塩基配列の変異によりがんの発生リスクが高められていても、その発生を抑制できないことになります。

がん細胞の状態には、エピジェネティックな現象の関与が支配的なものと、塩基配列の異常の関与が支配的なものとが両極端な例としてあり得ます。それゆえ、がん細胞の発生メカニズムの区別やがん細胞の状態の分類を考慮せず一括りにがん細胞としていた「思い込み」は単純すぎることになります。ＤＮＡ分子に組み込まれた指令に従って細胞は機能を発現しているという単純なものではなく、細胞を取り巻く環境がＤＮＡ分子の使われ方を定めているところがあるからです。

ＤＮＡの囁きに抗う現象

人間は所詮ＤＮＡに組み込まれた指令に従って生きている存在にすぎず、人間にとってＤＮＡから自由であるような意志を持つことはできないという極端な解釈を著作『利己的な遺伝子』の中で、リチャード・ドーキンスは指摘していました。確かに、メフィストフェレスの囁きに脳の活動の自律性を放棄して囁きのままに振る舞うように、ＤＮＡの囁きのままに脳が活動させられる分子生物学的なメカニズムは存在します。

しかし、エピジェネティックスに関わる現象は、ＤＮＡ分子が持つ情報の利用方法を人間の望ましい意志に基づき制御することを許そうとしています。エピジェネティックスに関わる現象は、ＤＮＡの囁きからの自律を許すメカニズムとして見なせます。細胞にもたらされる個性は、エピジェネティックスに関わる現象に依存しています。ＤＮＡ分子が持つ情報の利用のされ方は、ＤＮＡ分子のメチル化に象徴されるようなエピジェネティックスに関わる現象を介して制御されています。神経細胞の活動を含め全ての細胞の活動が、ＤＮＡ分子によりコントロールされているという単純な「思い込み」から脳を自由にし、開かれたニューロンネットワークの活動に基づきＤＮＡの囁きに抗い、ＣＯ２濃度の増加を避け、惑星上に文明を長続きさせる意志の形成を許す脳の活動は可能であり、そうすべきなのです。

もちろん、エピジェネティックスに関わる現象を介してもたらされる細胞の個性が、生物としての活動に望ましいものだけでなく、害をもたらすこともあります。その代表が、がん細胞の発生です。その他のさまざまな病気の原因にも、エピジェネティックスに関わる現象が関与し得るということが２０２１年末現在突き止められています。生活習慣病と呼ばれる病気も、エピジェネティックな現象に起源がある病気になります。精神的な疾患に関しても、それに起源があるものが含まれます。

エピジェネティックスに関わる現象は、人間を含めわたしら生き物が生命活動をしている過程で細胞が体験したことに依存して発現しています。細胞の体験に応じ、ＤＮＡ分子やヒストンと呼ばれるタンパク質分子などに小さな分子が付加されたり、付加されていた分子が除去されたりしているのです。エピジェネティックスに関わる現象は、生き物が生命活動をしている過程で細胞が体験したことを介して誘発される現象なのです。

最近まで、エピジェネティックスに関わる現象を導く全ての情報は、受精卵から細胞分裂を経て個性を持たない複数の細胞の塊へと向かう最初の過程で完全に消し去られると思い込まれてきました。ところが、エピジェネティックスに関わる現象を引き起こす一部の情報は、受精卵から複数の細胞の塊へと向かう過程でさえDNA分子中から消し去られることがなく残り続け、細胞が体験したことが、次のジェネレーションに遺伝的に受け継がれることさえあり得ることがわかってきています。第2次世界大戦終結間際にオランダ西部の都市で発生した深刻な飢餓の影響は、世代を超えて現れているのです。これは長期の調査に基づき突き止められたことです。その調査結果は、エピジェネティックスに関わる現象が遺伝的に影響し得ることを気づかせた一例です。

エピジェネティックな現象に依存したがん増殖の抑制

がん抑制遺伝子がメチル化されれば、異常が生じた細胞でのＤＮＡ分子の修復とか細胞増殖の抑制とかができなくなることに加えて異常が生じた細胞に自発的な消滅を導くことができなくなることになります。すなわち、がん細胞の発生と増殖を抑えることができなくなります。従って、メチル化されたがん抑制遺伝子からメチル化を解消することができれば、がん細胞の狂った増殖を抑え込むことができるはずです。

細胞が分裂するときＤＮＡ分子の二重らせんは１本ずつの鎖に分離し、それぞれの鎖に塩基が次々と付加され、新しい二重らせんが２本出来あがります。しかし、この段階では各二重らせん中の新しい片割れの鎖ではメチル化が生じていません。がん細胞の増殖活動においても同じことです。そこで次の段階として、複製されたＤＮＡ分子にＤＮＡメチル化酵素が結合します。そして、そのＤＮＡメチル化酵素はメチル化のコピーが完了していない部分を突き止めては、メチル化を行うという作業を繰り返してメチル化状態も含めて

DNA分子の完全な複製を完成させます。

がん細胞の増殖活動のケースにおいて、DNA分子の複製が進行している最中に、複製されつつあるDNA分子の二重らせんの片割れに特殊な分子が取り込まれるように仕向けます。そのような分子としてアザシチジン分子があります。その分子は、シトシン分子とリボース環とが結合し形成されるシチジン分子に分子の構造がよく似ています。がん細胞の増殖活動中に、シチジン分子の代わりにアザシチジン分子を組み込ませたDNA分子の二重らせんを作らせるわけです。そのDNA分子にDNAメチル化酵素が結合し、メチル化を開始しても、アザシチジンの部分のメチル化を行えず作業が止まってしまいます。作業を続けられなくなったDNAメチル化酵素は細胞内の別の箇所に移され分解されてしまいます。メチル化が未完成なDNA分子をがん細胞が持つことになります。

このような一連の増殖プロセスをがん細胞に繰り返させれば、がん抑制遺伝子がメチル化されているがん細胞の存在確率は次第に減少すると期待されます。結果として、がん抑制遺伝子の活動が期待できる状態が出現し、がん細胞の活動は停止させられるはずです。

ＤＮＡ分子のメチル化抑制の結果としてのがん抑制遺伝子のメチル化の抑制はエピジェネティックな現象の一例です。今日では、エピジェネティックな現象ががん治療への道を照らし出し始めているわけです。しかも、アザシチジンとアザ・デオキシ・シチジンは、その道を進むための治療薬として米国の政府機関である食品医薬品局によって既に承認されています。

エピジェネティックな現象が、がん治療への道を照らすはずという「思い込み」は悪くはないです。ところが、事態が単純ではないことに研究者は直面しています。がん治療薬がもたらす副作用の問題だけでなく、がん細胞の発生の起源に依存すること、がん細胞の発生から経過した期間に引き起こされたＤＮＡ分子の変異状態の違いに依存することなどが重なり合ってがん細胞自体が多様な姿を持っているということが理解されるに至っています。その多様さが、分子レベルから治療方法を考えることに難しさを生じさせているのです。

その困難を承知しながら、がん細胞の増殖に対して本質的観点から向き合おうとする試みが分子レベルからの治療です。それを達成させなければ、がん治療に関する根本的な処置は完了したことにはならないわけです。研究を進化させるためには、「思い込み」から脳を自由にし、開かれたニューロンネットワークの活動が不可欠であることは言うまでもないことです。いつどのようなことによって研究が実を結ぶか研究者自身わかりません。そのようなことに対してさえ、出資が続けられれば、人間はどこかの時点でブレイクスルーに出くわせるはずです。これは、これまでの経験から許されるポジティブな「思い込み」です。

次世代に引き継がれ得るDNAのメチル化状態の異常

人間の遺伝子全体を形作っている全DNA分子の二重らせんを構成している塩基対の数は約60億です。DNA分子の二重らせんは水素結合を介して2本の鎖が絡み合った状態を形作っています。各鎖の中での塩基の順番がシトシンそしてグアニンと隣接して続く場合があります。そのような順番が形成されている部位の数は、人間の遺伝子全体では約2800万箇所あることが既に突き止められています。今日、次世代DNAシークエンサーを使用できます。そのため、それを知ることが容易なのです。

シトシンそして隣接してグアニンの順番が形成されているとき、その順番を構成するシトシンにメチル基が付加される可能性があります。ただし、その他の塩基にメチル基が付加される可能性はありません。これは測定し突き止められた事実です。人間の場合、シトシンそしてグアニンの連続的順番を持つ約２８００万箇所のうち60パーセントから80パーセントがメチル化されているという事実が突き止められています。さらに、細胞の種類に依存してメチル化の比率やメチル化のパターンに違いがあることも突き止められています。がん細胞ではメチル化の比率もメチル化のパターンも正常な細胞と当然異なることになります。

ＤＮＡのメチル化の状態は細胞が晒される環境因子、細胞同士のコミュニケーションを媒介するメッセージ物質、各種器官から放出されるホルモン、環境ホルモンを含む自然環境中に放出された各種の汚染物質、などの影響を受けて変化し続けています。同じ組織を構成する細胞同士の間でさえＤＮＡのメチル化状態には微妙な違いが認められることがわかっています。

ただし、そのような変化を受けても、精子あるいは卵子が形成されるとき、さらに受精後の細胞分裂の初期段階で、DNAのメチル化状態は、全てリセットされると思い込まれていました。実際は、そうではありませんでした。そのことを示す実例が幾つも見出されてきています。効率性や経済性が問う要請でも義務に依存する要請でもない脳の活動の自由さが許す開かれたニューロンネットワークの活動に支えられた粘り強い長期の調査とそれに対する分析的研究とが今でも続いています。その調査と研究とが、DNAのメチル化状態の一部が世代を超えて伝播することを明らかにしたのです。人間たちはすぐに「それをして何になる」とサイエンスに批判を投げかけますが、それをしなければわからないことが数多くあるのです。

DNA分子中での塩基の配列に部分的な変異があることにより発症する病気が遺伝病として幾つも知られています。DNA分子中の塩基配列に問題があり遺伝病として位置付けられている病気は確かに遺伝します。一方、DNA分子中の塩基配列に問題箇所が存在しないケースでも、ＤＮＡのメチル化状態に異常があれば、それにかかわる病気が次世代に引き継がれる可能性があるのです。

（２）飢餓の経験が導くエピジェネティックな影響に対する長期継続的調査に基づく研究から

硬すぎて食べ物にならないダイヤモンド

生きるということは食うことです。ＤＮＡ分子には、そのようにプログラムされています。ところが、生物の中で食えないものに異常なほど執着する生き物が地球上に存在します。そのような特性を持つ生き物は人間です。エピジェネティックな意味で、人間のＤＮＡ分子は食えないものに執着するようにメチル化が生じやすいのかもしれません。事実、２０２１年12月、スリランカで重さ３１０キログラムのブルーサファイアの原石が見つかったということにすぎない出来事に対し、世界最大の大きさだとして報道機関はニュースとしてことさら強く反応していました。

サファイアという物質は、酸化アルミニウムの結晶で、セッ氏2072度で融けます。ちなみに、サファイアが沸騰し蒸発する温度はセッ氏2977度で、ダイヤモンドが沸騰し蒸発する温度はセッ氏4827度に達します。爆発する原子爆弾の中心温度はセッ氏250万度程度に達し、爆発時の大型水素爆弾の中心温度はセッ氏4億度程度に達します。どちらの温度にしても、サファイアもダイヤモンドも一瞬にして蒸発してしまいます。それらの使用は、文明を一瞬にして吹き飛ばしてしまう結果を招くと認識できるから、核兵器禁止条約への批准を多くの人間が公に求め、2022年現在、86ヶ国が署名し66ヶ国がそれに批准してきているのです。一方、使用したもの勝ちという「思い込み」を持つ人間が多数派を占めている国々はそれへの批准を拒んでいるわけです。冷静に考えれば、その「思い込み」は文明の継続的維持の見地からとても危険な「思い込み」であるということは哲学者でなくてもわかるはずです。世界終末時計は、そのような状況が反映して、2022年現在、1分40秒前を指しています。

酸化アルミニウムの産出形態は、サファイアだけではないです。それはボーキサイトとしても産出され、それを原料として金属アルミニウムが製造されアルミホイルやアルミサッシ、など身近なところで用いられています。また、それは軽量化が求められる航空機の機体や各種の車両で用いられていて、人間の文明を今日的に支えている貴重な物質であるということを容易に理解できます。それゆえ、今日の賢い投資家であれば、宝飾品産業に投資するより、酸化アルミニウムを原料とするセラミックス産業あるいは金属アルミニウムまたはその合金を利用する金属産業に投資することを考えるはずです。現代文明においては酸化アルミニウムの天然の結晶より金属アルミニウムのほうが実質的にはるかに高い価値を持っていることに疑いを持つ人間はいないはずです。とはいえ、宝飾品としての酸化アルミニウムの天然の結晶は富のシンボルとして、21世紀においてさえ、一部の人間に好まれている事実があります。

純粋な酸化アルミニウムの結晶は無色透明でブルーではないです。酸化アルミニウムの結晶中に微量の酸化クロムが混ざり込むと赤色になります。人間はそれをルビーと呼んでいます。ルビーの結晶中のクロムイオンには、エネルギーを余分に持たされた直後に、赤色の光を放出する性質があります。その性質を利用して米国の物理学者セオドア・メイマンは、1960年にルビーの結晶から最初のレーザー光を放出させることに成功しました。そのとき用いられたルビーは、クロムイオン濃度が適切に調節された人工ルビーです。クロムイオンの代わりに鉄イオンが酸化アルミニウムの結晶中に混ざり込むと青色となり、そのとき結晶はサファイアと呼ばれています。ただし、ルビーと異なる色を持つ酸化アルミニウムの結晶は、無色透明なコランダムを含めて全て、人間はサファイアと呼んでいます。無色透明な高純度のサファイアは低温で極めて大きい熱伝導率を持ち、熱を速やかに逃がす性質があります。絶対零度に近い極低温では、サファイア結晶の一端から他端に向かって熱は音速で伝わることがわかっています。そのような熱的特性を持つサファイアが、岐阜県神岡鉱山内に建設された重力波望遠鏡KAGUYAの重要な光学部品として極低温に冷やされた状態で据え付けられています。直交する2方向にレーザービームを分離するためのビームスプリッターとして、またレーザービームを反射するための鏡面として、そのサファイアが用いられているのです。

宝飾品として珍重されてきた物質の1つにダイヤモンドがあります。人工合成された純粋なダイヤモンドは、炭素原子間の強い共有結合のため、あらゆる固体物質の中で最も大きい熱伝導率を持ちます。しかも、不純物の混入を避けて合成されたダイヤモンドは、電気的絶縁性にも優れているため、半導体レーザー素子の基盤として、また半導体電子素子の基盤としても用いられ、ダイヤモンドは、各種の電子素子からの放熱を助けています。従って、人工合成されたダイヤモンドは、熱伝導率に関しても電気的絶縁性に関しても天然ものよりはるかに優れ、投資対象として、天然ものより工業的に高い価値を持ちます。その事実を、優れた投資家は熟知しています。ただし、人間の「思い込み」は、脳を天然ものへのこだわりへと導くようです。

宝飾品として珍重されている天然もののダイヤモンドは、色・カット・混入物に依存するものの、ダイヤモンド０・４カラットで16万円程度になります。一方、Ｍサイズの男爵ジャガイモ１個は30円から40円です。この値段の違いが意味することに関して「ダイヤモンドのほうが男爵ジャガイモより４０００倍以上の価値がある」として良いかどうかについては、よく考える必要があります。脳の状態が単純にそれを肯定するのであれば、そのとき、脳の活動は、欲望に従うだけで文明の維持は可能であるという「思い込み」を生み出していることになります。

わたしは空腹のとき、バターなし塩なしで蒸したジャガイモを食べます。しかし、どんなに空腹でもダイヤモンドは硬すぎて歯が立ちません。人間はお金でお金に類似の仮想物品を買いそれを売り買いすることで儲けを得ようとします。お金に類似の仮想物品はダイヤモンドと同様に食べようがありません。仮想物品の売り買いで儲けを上げる行為は、実物品の売り買いで利益を得ようとする行為に寄生したような活動です。実物品の売り買いが健全でない状態に陥れば、そのとき、その寄生に基づく活動は、実物品の売り買いに関わる市場に一層の深刻さを付加することになります。そもそも、そのような活動が許される社会は、具体的に食べることができるものが確実に生産できている状況にあることが前提で成立している社会です。そのことにわたしらより優れた脳を持つ人間は気づいているはずです。

日本では、海外から輸入している食糧が62パーセントを占めています。この状況下で、売れ残り、期限超え、食べ残しなどを理由として食べられるにもかかわらず約64億3００0万キログラムに達する食品が毎年捨てられています。食品廃棄量全体としては、食糧消費量全体の３割にあたる年間２７５億９０００万キログラムに達しています。その上、食べることができるという状況の意味を考慮することなしで、食べることを楽しみ続ける権利があるという思い込みを尊重して、その楽しみに積極的に向かわせようとするさまざまなキャンペーンや番組があります。無条件に幾らでも食を楽しめるという「思い込み」が脳に摺り込まれ続ける状況に対し、リスクを認識する脳の活動が導かれないとすれば、「思い込み」が摺り込まれ続ける状況が持つ問題性に脳が気づく機会は失われ続けていることになります。

また、動物愛護という思想を掲げながら鳥インフルエンザの蔓延を抑え込むための当然の判断という「思い込み」に従い、数十万羽数百万羽もの鶏を殺処分することが繰り返されています。豚に関しても同様です。そのような殺処分は食品ロスを意味しています。何百万という数の鶏や豚を殺処分する状況と食品ロスとの結びつきが脳にイメージとして届かず、殺処分を当然とする「思い込み」を導く脳の活動が、地球環境の継続性の維持に向かう道への関心や文明の継続性の維持に向かう道への関心を成長させることができるかどうかについては考えるべきことです。「思い込み」と地球の実情との隔たりへの気づきに向け進み出すことを何かが助けなければなりません。哲学者の理解に従うとすれば、多くの人間の関心が集中するジュゾランピックのようなエンターテインメント、そして物事の関係性を見出す脳の活動が持つ価値に気づかせる哲学、これらはそれを助ける活動であるはずです。

例外なく生き物を苦しめる食糧危機とエピジェネティックス

オランダでは、第2次世界大戦終結直前にナチスによる経済封鎖と厳しい冬のためにアムステルダムを含むオランダ西部の主要都市で極度の飢餓が発生していました。1944年11月末までに、大半の住民の摂取カロリーが、1日あたり1000キロカロリーまで落ち込んでいました。一部の地域では、翌年の2月末時点には、摂取カロリーが580キロカロリーまで低下していました。チューリップの球根やサトウダイコンで空腹を和らげるしか選択肢のない人々がいたのです。そのときの飢餓のために2万2000人が死に、飢餓を生き延びても重度の栄養失調に陥っていました。この状況下で空腹を抱えた少女の1人として、後の映画女優オードリー・ヘップバーン（1929年5月4日―1993年1

月20日）も含まれていたのです。そのときの飢餓には、多くの母親も晒されていました。しかも、その飢餓に晒された母親の胎内では、胎児もその飢餓の影響に晒されていたわけです。当時胎児としてそのような飢餓に晒された人たちを含むオランダ西部の人々に対し、健康状態を追跡調査する研究が終戦直後から研究者たちによって進められ今日に至っています。

極度な飢餓を経験した人々の健康状態や体質が、戦後から74年が経つ今日まで観察し続けられ、病気の要因と発症に関して分析が続いています。その研究の結果は「胎児期の飢餓と成人後のメタボリックな病気のリスクとを結びつけるＤＮＡのメチル化状態の変化」として電子ジャーナル〝Science Advances〟の２０１８年1月Vol.4に掲載されています。なお、生命科学、物理学、社会科学、コンピュータサイエンス、そして環境科学に関わる電子ジャーナルである〝Science Advances〟は、インターネットを介して誰でもアクセスできるサイエンスの学術誌です。

妊娠中の低栄養状態は生まれてくる子供の体質を変化させ、いろいろな健康障害を発生させる可能性が疑われました。健康障害の発生には、DNA情報の使われ方の異常が原因すべきであり、DNAのメチル化状態の変化とか、あるいはヒストンのアセチル化状態の変化とかを伴っているべきです。少なくともDNAのメチル化状態の変化と体質の変化とが結びついている可能性については疑うべきことです。

なお、エピジェネティックスの視点に基づいて、その可能性を長期にわたり調査研究を進める計画について、それを許すべきか否かの判断に関し、多数の人間に意向を問うという手法には責任の所在を分散させる意味で確かに合理性があります。しかし、研究が最終的にどんな結果を導くことになるのか研究者にもわからない状況下で、その研究に対し得られる社会や公の意向そして投資家の意向が、その計画への出資を許すものになるかは100パーセント疑わしいことです。結果として計画遂行が否定されれば、オランダのライデン大学の研究者を含む研究チームが論文に示した結果は得られることがなかったことになります。

食糧危機後の長期追跡研究が明かすエピジェネティックな変化

ＤＮＡ分子のメチル化状態に変化を及ぼす因子として、さまざまな可能性があり得ます。加齢がもたらす要因としては、内臓系内の細胞同士の間の相互作用の変化や筋肉系内の細胞同士の間の相互作用の変化、あるいは異なる組織間の相互作用の変化があるのです。また、それ以外に、ウイルス感染、細菌感染などに晒されること、食事の質の変化、喫煙習慣、環境ホルモンを含む各種化学物質に晒されている状況など、どれもその因子になり得ます。さらに、オキシトーシン、セロトニン、ドーパミン、アドレナリンなどに象徴される神経伝達物質への晒され方の変化とか各種ホルモン分泌量の変化とかも、ＤＮＡ分子のメチル化状態に変化をもたらし得る因子になり得ます。そして、飢餓も、ＤＮＡ分子のメチル化状態に変化を及ぼす因子の１つであるというわけです。事実、飢餓がＤＮＡ分子のメチル化状態を減少させる可能性が突き止められています。

飢餓がもたらしたＤＮＡ分子のメチル化状態の変化が原因した体質上の変化あるいは健

康状態の変化として、飢餓の影響が、身体に一生つきまとう可能性があるのです。また、飢餓の影響が、エピジェネティックな変化として自閉症などの脳の活動に関係する症状の発症へと結びついていく可能性があるのです。成年に達した後のインシュリン分泌の低下や肥満などとして現れる代謝異常の発生も、飢餓の影響と結びつけられて説明できる可能性があるのです。

エピジェネティックスは、体質変化を引き起こした原因が、DNA情報の使われ方の変化にあることを示しています。しかも、DNA分子のメチル化状態に変化が伴うケースは、その影響が次世代である子供や孫にも及ぶ可能性があります。これは、第2次世界大戦直後からオランダで続く長期調査に基づく研究を通してだけでなく、動物実験を通しても確かめられています。しかし、エピジェネティックな現象への理解が進むにつれて理解しきれていないことへの気づきが増えている現実にも2022年現在、研究者は気づかされ続けています。

「子宮内での低栄養の経験が成人後の精子のDNAメチル化状態を変化させ、世代を超えた代謝障害を原因する」ことに関する論文は、“Science”Vol.345（２０１４年）に、ケンブリッジ大学の研究者のグループが報告したものです。妊娠後期に強い飢餓を経験したマウスから生まれてくる雄の子供の精子でのＤＮＡ分子のメチル化パターンの部分的変化が、その精子を介して生まれた孫世代の精子でのＤＮＡ分子のメチル化パターン内にさえ見出されるのです。ＤＮＡ分子内の特定部分のメチル化状態に飢餓に伴う低下が現れ、孫の世代にその影響が及ぶという可能性が示されたわけです。実際、子の世代に見られたインシュリン分泌低下や肥満が、この精子を介して生まれた孫の世代でも見られる傾向があるのです。

飢饉の経験から生じたＤＮＡ分子のメチル化状態の変化が、精子細胞や卵細胞が作られる過程で完全にリセットされるわけではないのです。エピジェネティックスに関わる研究はそのことを明らかにしているのです。飢饉の経験によって生じたＤＮＡ分子のメチル化状態の変化の一部が残り、次世代に変化した体質が部分的に受け継がれることになるわけです。飢饉によるマイナスの影響は、子供だけでなく孫世代にも及ぶのです。猫や人間だけでなく全ての生き物において、ＤＮＡ分子のメチル化状態の変化は経験したことの記憶として機能し、次の世代にそれを受け渡すことをしていたのです。小さな遺伝子を持つ大腸菌より、より大きな遺伝子を持つ生き物で、ＤＮＡ分子のメチル化状態の変化が関与する確率はより高まることになります。

（3）食糧危機からの気づき

オランダでの食糧危機が明かすこと

胎児として飢饉を経験した人間は、男性でも女性でも、中年期に肥満になりやすく、高血圧の状態にも晒されやすいことが突き止められています。さらに、心臓を構成する筋肉細胞に血液を供給する冠状動脈で血液の流れが悪くなり心臓に障害が起こる病気である冠状動脈性心疾患とか、２型糖尿病とかの発症リスクも高いことが突き止められています。冠状動脈疾患と肥満は胎児期初期の３ヶ月間に飢餓を経験した人間に現れ、女性では乳がんの発症リスクも高まる傾向が現れています。胎児期４ヶ月から６ヶ月目までに飢餓を経験した人間では、肺と心臓に関わる問題を発症するリスクが高まり、誕生の３ヶ月前に飢饉を経験した人間では糖尿病予備軍に位置付けられるリスクが高まります。胎児期の飢餓は、年齢が高まるにつれインシュリン分泌が低下し糖尿病の発症リスクを高めることとか、脂肪代謝の異常によるメタボリックシンドロームの発症リスクを高めることとかを引き起こしています。成人後に起こってくるそのような体質の変化は、飢餓に晒された人間のＤＮＡ分子に刻まれた分子レベルの記録に原因があるということをエピジェネティックスは明らかにしているわけです。

メタボリックシンドロームや2型糖尿病にかかった複数の人間の血液に対する全ゲノムレベルでのＤＮＡ分子のメチル化状態が調べられました。その結果は、飢餓に晒された後メタボになった人間では、エネルギー代謝に関わる調節領域の遺伝子の一部分が特異的にメチル化されていることを示しています。飢餓に晒された後、血中の総コレストロールの値が異常に高くなる状況に象徴される高脂血症を引き起こした人間では、関連する6種類の遺伝子のそれぞれで部分的にメチル化されている状態が見出されています。飢餓によって誘導されるＤＮＡ分子のメチル化の異常は、特定組織の細胞に特異的に起こるのではなく、さまざまな組織の細胞で起こることが突き止められています。

胎児として飢饉を経験した人間では統合失調症の発症リスクが著しく高まる傾向が突き止められています。また、自閉症の発症率が上昇する傾向やうつ病のような情緒障害も増加する傾向が突き止められています。男性の場合、反社会性人格障害が増加する傾向も見出されています。ニューロンネットワークを構成する神経細胞の活動と結びついているDNA分子のメチル化状態に、胎児期の飢餓が変化を与えたためと結論することをエピジェネティックスは許しているのです。

妊娠初期に胎児として飢餓を経験した人間の場合には、発育期に重要な働きをする遺伝子においてDNA分子のメチル化状態に異常が起こります。その異常は何十年も維持され、さまざまな体質変化や病気を原因しているわけです。DNA分子のメチル化状態の変化が導く影響は、それが胎児期に1度だけ経験した飢餓によるものであったとしても、長期にわたり、場合によっては一生にわたりネガティブな健康被害を及ぼし続けることになるわけです。しかも、それが次世代に及ぶことにもなるのです。

この事実に目をそらさず、未知の影響を見極めようと分析し続けている試みは、不具合を避けるための気づきをもたらす助けになっているのです。正確に分析する試みは、エピジェネティックな現象から誘導される健康喪失に、気づく機会をもたらしているのです。そこには脳の活動状態の不具合も含まれます。オランダで継続的に続けられている飢餓経験がもたらす体質変化に関わる調査研究は、戦争の悲惨さが原因する影響をエピジェネティックスに基づき人間に知らしめているのです。

人間に突きつけられていること

少し極端に表現するとすれば、細胞が晒される環境条件が、ＤＮＡ分子に生じるメチル化の状態を決め、そのＤＮＡ分子の活動内容を定めていることになります。大腸菌から人間に至るまで、経験がＤＮＡ分子のメチル化状態に変化を導きＤＮＡ分子の使われ方に影響を及ぼし、細胞の活動状態を変化させているのです。文明を継続させることに対し強い意志を持てば、望ましい自然環境と望ましい精神的環境が構築されます。そのような環境から経験することは、ＤＮＡ分子に生じるメチル化の状態を変化させ、文明を継続させることに対しより強い意志を持つことを許し、望ましい自然環境と望ましい精神的環境が構築される状態を進化させます。

このように、人間は、文明を継続させることに対し意志を持てば、DNA分子のメチル化状態を変化させより望ましい自然環境とより望ましい精神的環境を構築できるのです。そのような意志を否定し、戦闘状態を正当化すれば、人間はエピジェネティックな意味での悪循環への道へと突き進むことになります。これは、エピジェネティックスに関わる今日の分子生物学の研究成果が人間に突きつけていることです。

不安感や恐れやイライラ感を克服することを助け、文明の安定的継続性に寄与している神経伝達物質がセロトニンやオキシトーシンです。セロトニンの多くは消化器官に存在していることがわかっています。人間が理解しているかどうかに関わらず、わたしら猫と同様に人間も食うことが生きている充実感を生み出す源泉となっているのです。文明を長続きさせるためには、富を持っていることを誇るためのダイヤモンドやサファイアより、食うことができる男爵ジャガイモのほうがセロトニンの効果を引き出すために価値があるのです。

エピジェネティックな現象への理解

エピジェネティックな現象に関する領域の研究は、医療テクノロジーの領域に関わることとサイエンスとしての分子生物学に属することとがオーバーラップしている特殊な分野の1つです。エピジェネティックな現象を調べることで、今までにない薬や検査方法の開発、食品に含まれる機能性成分の発見につながる可能性が期待されます。エピジェネティックな現象を調べることが、分子生物学領域のサイエンスを深めることになることはもちろんのこと、新たな産業への応用につながるという期待もあるわけです。とはいうものの、投資を計画し判断を下すとき、エピジェネティックな現象の研究に対して、これまでの学びが支える「思い込み」から脳を自由にできなければ、それらの重要性に気づくことは容易ではないはずです。

エピジェネティックな現象は、個体発生の過程で親から受け継いだ塩基配列を維持しつつつ、生き物が直面した環境変化の影響を受けて、遺伝子の発現状態を変化させることです。「思い込み」から脳を自由にし、開かれたニューロンネットワークの活動を許せば、エピジェネティックな現象への理解は、さまざまな生命現象、健康という状態、病気という種々の異常な状態、それぞれに関しての解釈の見直しを許し、それらに対する理解を深めることに寄与する道を照らし出すはずです。さらに、「思い込み」から脳を自由にすることを許すエピジェネティックな現象があり得るのであれば、人間のニューロンネットワークの活動が文明を継続的に維持する道へ積極的に向かう意志を脳に導くことも、地球環境を維持する道へ積極的に向かう意志を脳に導くことも許すはずです。

第6章　アグレッシブな意識からの自由を求めて

アミグダラ（扁桃体）の活動

頭蓋の中心付近に存在し左右1対からなる小さな神経組織であるアミグダラ（扁桃体）には、全ての感覚器官からの情報が、インパルスとして送りこまれてきます。魚の脳においてもわたしら猫の脳においてももちろん人間の脳においても、感覚器官を介して危険を知覚すれば身体を守るための行動へと向かわせる信号をアミグダラは送り出すことになります。その信号は、危険から逃げる行動へ、または、それができないとき攻撃へと向かわせます。

アミグダラを構成する神経細胞同士の結合箇所であるシナプスにはドーパミン受容体が存在します。そのドーパミン受容体に神経伝達物質であるドーパミン分子が到達しその受容体にドーパミン分子が結合すると、アミグダラは活性化し、アミグダラは恐怖や不安といった情動反応を脳に導きます。食う物が手に入らず、アミグダラの活動の活性化を助長する幾つもの要因が社会に存在するならば、その状況は、文明の継続性を危うくするリスクを高めることになります。人間ひとりひとりの身体の中でセロトニン分子やオキシトーシン分子が分泌される状況を、社会のシステムとして構築することの重要性を否定する人間はいないはずです。それにもかかわらず、緊張感や恐怖を煽るようなことは、テレビの画面にジャレついているといつでも出くわします。そもそも人間は理由をつけて戦闘をいろいろな形態で美化し続けています。理由をつけて戦闘を美化するエンターテインメントさえ数多くあります。

戦場における極度な恐怖や極度な緊張感に関する消去できない鮮烈な記憶が心的外傷後ストレス障害（ＰＴＳＤ）として健全な脳の活動を困難に陥れ、人間を破局に向かわせてしまうことが第２次世界大戦後も世界のどこかで戦争を行い続けてきた米国では社会問題化しています。戦場における極度な恐怖や極度な緊張感だけでなくコロナウイルスにかかわる感染への不安のような通常の生活の中での不安もあります。そのような不安から導かれる特殊なニューロンネットワークの活動が引き起こすリアクションの１つとしてＤＮＡ分子のメチル化状態の変化が生じても不思議はないです。もし、メチル化状態が変化したならば、そのＤＮＡ分子は次の世代に受け継がれる可能性を持ちます。

アミグダラ（扁桃体）

アミグダラは、複数のさらに小さな神経細胞集合体からなり、それは外側基底核、基底核、内側核、中心核、皮質核を含んでいます。ファンクショナル核磁気共鳴画像法（ファンクショナルＭＲＩ）などの脳イメージング技術は、アミグダラの活動と心理状態との結びつきを暴き出し続けています。

感情表現を映す表情と左アミグダラの活動との間の関係性は、脳イメージング技術を介して観測されたことです。人間が恐ろしい場面に出くわすと、アミグダラの活動に異常な活性化が現れます。しかも、脳イメージング技術によれば左アミグダラの活動は、怖い表情を見ると、異常に活性化します。このとき、顔の表情を作るための末梢神経にアミグダラはインパルスを送り、恐怖感を顔に表現させているのです。

視床下部に対して、活性化したアミグダラは、激しい活動に向けて交感神経系の活性化に必要なインパルスを送り出します。また、活性化したアミグダラは、ドーパミン分子放出にかかわる神経細胞が局在する腹側被蓋野に対しては、ドーパミン分子の放出を導くインパルスを送り出し、ノルアドレナリン分子放出にかかわる神経細胞が局在する青斑核に対しては、ノルアドレナリン分子の放出を導くインパルスを送り出します。さらに、呼吸、心拍数、血圧、そして運動機能を異常に対処できる状態にさせるため、アミグダラは網様体に対してインパルスを送り出します。

恐怖・不信・不安に関わる情報がアミグダラの外側核に届けば、予測されるリスクとの結びつけが行われます。その情報は、外側核に刻み込まれた記憶に基づき、アミグダラの中心核の活動を介して、恐れに関わる応答を導くことになります。恐れに関わる身体的応答としては、硬直、呼吸と脈拍の増加、ストレスホルモンの放出などが導かれることになります。

ストレスホルモンの作用

災害発生に関する最初の情報は感覚器官を通してアミグダラに届きます。そしてストレスホルモンであるコルチゾン分子やアドレナリン分子の放出をうながすインパルスをアミグダラは送り出し、危険回避態勢をとることを身体に求めます。アミグダラの活動がコルチゾン分子やアドレナリン分子の放出に寄与しているのです。ただし、大地震の発生に伴う津波襲来の恐れがあるときや火山噴火の激化の恐れがあるとき、それらの異常な事態への直面に対し、正常化バイアスが働き、コルチゾン分子やアドレナリン分子の作用が抑制されるならば、それらの作用の低下は身体を危険な状態に晒すことになります。

通常とは異なるリスクを伴った状況に直面したときの異常さの知覚がストレスであり、それはアミグダラの異常な活動から導かれます。コルチゾン分子とアドレナリン分子は、ストレスに晒されたとき分泌される主要なホルモンです。それらのホルモン作用は、不安感、恐怖感、緊張感、威圧感、圧迫感などによって象徴される応答現象を脳に導きます。

直面した異常な状況が解消されない限り、この応答現象は、コルチゾン分子やアドレナリン分子の分泌を助長し続け、より強い応答現象を導くことになります。

これら2種類のホルモン分子が導く典型的な身体的作用は、血圧や血糖レベルを上昇させること、そして緊急時に必要ない臓器の活動を抑制することです。結果として、その作用は危険現場から即座に逃避することを可能にしています。逃避活動が間に合わないほどの切迫した身体的危機に晒されたとき、その2種類のホルモン分子が導く作用は、恐怖心を抑えて戦闘に備えた状態にただちに向かわせることです。

血液中のコルチゾル分子の数量は、コルチゾル分子の分泌をうながすホルモンである下垂体の副腎皮質刺激ホルモンの作用によって増加させられます。副腎皮質刺激ホルモンの量は、視床下部の副腎皮質刺激ホルモン放出ホルモンの作用によって増加させられます。血圧や血糖レベルの適正な維持や免疫機能の発現といった健康状態の維持のためであるとともに脳の活動状態の健全さを維持するためには、血液中のコルチゾル分子の数量が適正に維持されている必要があります。従って、その異常な減少は望ましくないのです。もちろん、異常な増加が脳の活動状態の健全さを失わせることは当然のことです。うつ病や心的外傷後ストレス障害（ＰＴＳＤ）患者の脳のＭＲＩ画像などを通して、高い濃度でコルチゾル分子を含む血液に晒された海馬が萎縮させられるという事実さえ確認されています。

なお、液体ヘリウムでなく液体窒素で冷やされた超伝導体のコイルが作り出す３テスラを超える超強磁場を用いたファンクショナルＭＲＩを用いることができれば、現在の観測装置より、より小さな神経組織の活動状態をより精密に観測することが可能になります。そのような次世代の観測装置の使用は、アミグダラや海馬を構成する小さな各神経組織の活動状態を、２０２２年現在より精密な３次元的観測画像として取得することを可能にするはずです。なお、それへの投資の意味を理解することは容易なはずです。

海馬を構成する神経細胞内のコルチゾル受容体遺伝子は、幼児期に精神的ストレスを受けるとメチル化されやすいことが突き止められ、その研究結果は既に報告されています。神経細胞は基本的には細胞分裂しないため、神経細胞において一旦ＤＮＡのメチル化が生じれば、脱メチル化現象が基本的には生じないということになります。ただし、脱メチル化現象と同じ効果をもたらす現象は起こります。これは、最近確認されたことです。ＤＮＡ分子に付加されたメチル基ＣＨ３を構成する３つの水素原子Ｈのうちの１つが、特別な酵素の働きでＯＨに変えられることが突き止められました。しかも、ＯＨに変えられると脱メチル化現象と同様に遺伝子の情報の読み取りが可能になるのです（Globisch et al. PLOS ONE 5, 0015367, 2010. Tahilani et al., Science 324, 930-935, 2009.)。その上、神経細胞では他の細胞に比べ、ＤＮＡ分子に付加されたメチル基ＣＨ３を構成する３つの水素原子Ｈのうちの１つがＯＨに変えられている割合が、高いことさえ突き止められています。すなわち、ＣＨ３からＣＨ２ＯＨへのヒドロキシル化反応あるいはＣＨ２ＯＨからＣＨ３への脱ヒドロキシル化反応を通して、神経細胞でのエピジェネティックな現象が出現している可能性が指摘されているのです。もちろん、それが真実であっても、海馬におけるコルチゾル受容体遺伝子のメチル化現象を単純に許してしまうことは避けるべきことです。戦場や飢餓などで幼児が極度な精神的ストレスを受けるような状態を許してはいけないということです。

副腎皮質を構成する細胞により合成され血液の流れにのりたどり着くコルチゾル分子が

結合することになるコルチゾル受容体は、海馬、視床下部、そして下垂体にそれぞれ存在しています。特に、海馬におけるコルチゾル受容体の役割は注目されるべきです。

大きな危機を予感させる通常とは異なる何らかの状況に直面したとき分泌されるコルチゾル分子による作用によって、不安感、恐怖感、緊張感、威圧感、圧迫感、怒りなどに象徴される脳の異常応答が生じたとき、コルチゾル分子が海馬のコルチゾル受容体に結合することにより、そのコルチゾル分子の結合自体がその異常応答の鎮静化をうながすインパルスを海馬に送り出させることをしているのです。すなわち、異常応答の鎮静化を助けるシグナルの発生と伝達に関与する全ての器官に向け、海馬は、コルチゾル合成活動の抑制を求める指導的インパルスを送り出すわけです。そのインパルスによって過剰なストレスに脳が晒されることを、海馬は防ごうとしているわけです。もし、海馬の状態が、そのインパルスを発生することに関し難い状況にあるならば、視床下部から放出される副腎皮質刺激ホルモン放出ホルモンの量が低下せず、下垂体は副腎皮質刺激ホルモンを放出し続け、副腎皮質はコルチゾル分子を合成し続け、結果として多量のコルチゾル分子を含んだ血液に脳は晒され続けることになります。その結果、過剰な量のコルチゾル分子の存在が海馬の萎縮を導けば、コルチゾル合成活動の抑制を求める指導的インパルスを送り出す海馬の機能が弱められることになります。この事態は、強い破壊的行動へと導く意志が生まれることを許してしまいます。

それを許すコルチゾル分子の作用とは逆の働きをするオキシトーシン分子の作用は海馬の機能改善のために重要です。オキシトーシン分子は、精神的な安らぎを導く神経伝達物質であるセロトニン分子の作用を受け活性化する神経細胞の働きを促進することで、ストレスホルモンの放出を導くアミグダラの異常な活動を抑え、人間同士の交わりを基本とする社会的行動への不安を減少させる作用を導きます。

近年のオキシトーシン分子の研究は、その作用が動物の社会的行動を許しているという事実を暴き出しています。オキシトーシン分子を人間に投与すると、前頭前野の活動が増加し他人に対する信頼感を増加させるという報告さえあります。オキシトーシン分子の分泌の高まりは、アミグダラの異常な活動により増加した状態にあるコルチゾル分子の数量を減少させる作用さえ見出されています。オキシトーシン分子は、前頭前野、海馬、アミグダラなどに働きかけ、調和した社会的行動を許す脳の活動を導く役割を果たしているのです。幸い、血液中のコルチゾル分子の量が改善されれば海馬は機能改善に向け成長することができます。この事実は、文明の安定的継続性の維持を助けることになります。

戦うか逃げるか応答

アドレナリン分子は、副腎髄質の細胞内において、L-チロシン分子からL-ドーパ分子、次にドーパミン分子そしてノルアドレナリン分子を順次経由して生合成され、分泌されるホルモンであり、神経伝達物質としても作用します。アドレナリン分子は、コルチゾル分子とともにストレス反応において中心的役割を果たし、それが血中に放出されると心拍数や血圧を上げるとか、瞳孔を開くとか、ブドウ糖の血中濃度を上げるなどの作用をもたらします。

活性化したアミグダラの活動から送り出されたインパルスを受けた視床下部は、交感神経（自律神経）系を活性化させ、副腎髄質の細胞からアドレナリン分子を分泌させることをします。アドレナリン分子は、交感神経の興奮状態を導くホルモンであり、危機から身体を守るために全身の器官に対応を求め、戦うか逃げるかに関わる応答を原因することになります。

すなわち、アドレナリン分子の重要な作用は、危機から身体を守るため、運動能力の最大化を導くことです。アドレナリン分子の作用として代表的なものは、「皮膚部の血管の収縮」、「消化管の機能抑制」、「瞳孔の拡大」、「痛覚の麻痺」などと共に、「心筋収縮力の増強」、「心臓、肝臓、および骨格筋での血管の拡張」、そして「呼吸における酸素-CO_2の交換効率の上昇」です。結果として、アドレナリン分子の作用は、非常に強力な筋力の発生を導き、津波、火山噴火、鉄砲水などの突発的な危機から逃れる行動を可能にしています。

ただし、アドレナリン分子の作用は、脈拍の乱れ、心拍数の異常増加、不安、頭痛、震え、高血圧などを導くことになります。今でも世界のあちこちで続いている戦争やそれに類似した状況下で引き起こされるアドレナリン分子の継続的分泌の長期化は、内臓や皮膚への血流量を低下させることとか、脳の活動を低下させることなどを導く原因となっています。また、アドレナリン分子の継続的分泌の長期化は、高血圧、心臓病、腹痛、消化不良、免疫低下、皮膚の損傷などを導く原因となっているのです。さらに、それは、不眠症や精神疾患に加え、脳の萎縮を導く要因となっています。

ストレスホルモンの放出を導くアミグダラの活動を活性化させっ放しにするという事態は、前述のような不具合を誘導することになるのです。しかも、そのような不具合に長期にわたり晒され続ける状況は、エピジェネティックスな現象の1つであるDNA分子のメチル化現象を導く可能性を高めます。そのような事態は文明の継続的維持のため避けなければならないことです。

アミグダラの異常な活動：不信、怒り、闘争心

活性化させられたアミグダラの活動に原因した怒りに脳が占有され、その状態下での脳の活動に任せての長期間の戦争は、さらなる怒りと悲しみを広い地域に生み出す結果をも

たらします。人間はさまざまな理由をつけて、情けないほど容易にアミグダラを活性化させ、しかも長期にわたり活性化させっぱなしの状態を維持させ続けます。アミグダラの異常な活動に原因した脳の活動は、わたしらも人間も含む惑星上の生き物に望ましい結果をもたらしません。惑星上のどこかでアミグダラの活動が活性化し怒りが満ち、そこで激しい争いが起これば、それによって破壊と悲しみとやりきれなさが生み出されることになります。アミグダラの活発な活動が導く争いを肯定する「思い込み」を抱いたままの脳は、対立し合う何々主義を掲げながら戦場の悲惨ささえ利得を得るための食い物にしようと試みます。残念なことに、そういう獰猛さは人間の脳の活動が潜在的に持つ特徴です。この特徴を何とか否定したいという思いが人間にはあります。それは人間に哲学する理由を与えています。

活性化させられたアミグダラの活動に原因した脳の活動が導く悲惨さは、確かに軍需産業に莫大なお金をもたらし、軍需産業、その関連企業そして投資家を潤わせます。アミグダラの活動がもたらす不安と不信は、多くの人間の雇用を軍需産業を通して生み出し、物品の製造販売消費を活性化させ、社会活動や経済活動を活性化させます。その結果としてそれはGDPを押し上げることに寄与します。不安、不信、そして悲惨さが続けば続くほど、軍需産業が属する社会に潤いが還元されていくことになるわけです。

このようなことから、惑星上のどこかで生じる争いを肯定する「思い込み」が、裏の事情として公にも会社にも投資家にも社会にもあるはずです。軍需産業が惑星上のどこにおいてもビッグビジネスになっていることは、報道によりたびたび伝えられている通りです。ただし、軍需産業のそのような経済的寄与を人間の脳が肯定的に受け入れてしまうとすれば、そのことは、長期にわたって文明を安定的に維持することは難しいという理由を確定してしまうことになります。原爆や水爆を作ることができる生命体が銀河系内で100万年を超え、1000万年を超え、さらに長期にわたり文明を安定的に維持するということはできない根拠をそのことで確定してしまうのです。そのことに人間が気づいていないわけがないです。

生命保険会社は年齢、生活環境、健康状態などを考慮してひとりひとりの命の重みをお金に換算して評価し、ひとりひとりが1ヶ月あたり保険会社に支払う保険料金が見積もられています。活性化させられたアミグダラの活動が導いた軍事的にアグレッシブな脳の活動に影響されている生活環境で生活せざるを得ないとすれば、保険会社による命の重みの評価は軽くなりますから、月々支払う保険料は逆に高くなります。活性化させられたアミグダラの活動に原因した脳の活動は、人間の命だけでなくわたしらの生命も軽くします。アグレッシブな脳の活動を抑制できるニューロンネットワークの活動は、命の重さの等しさを尊重できる脳の働きをもたらします。そのことは、人間だけでなくこの惑星上の全ての生き物にとり重要なことです。競技者同士が互いに尊重し合い互いにフェアに振る舞うというスポーツの高邁な精神の重要性を通して人間はその重要性を理解しているはずです。

アミグダラの活動の活性化から脳を自由にし、文明を長続きさせることに向け脳の活動をポジティブに機能させる必要があります。各文化が持つ価値をそれぞれに知覚できることは命の重みの等しさに関する認識を各人間の脳に導くことを可能にします。各文化が持つ価値を無視してそれを導くなどというような逆はないのです。ウクライナ語もロシア語も母語として自由に使いこなせるウクライナ人がロシア語を使いこなせることに、２０２２年５月現在、苦しみを訴えていました。互いの文化を尊重できない活性化したアミグダラの活動を抱えた政治家や軍人が義務として行う惨たらしく悲惨な行為は人間の脳にそれぞれの文化への拒絶反応や人間相互への拒絶反応を導いてしまいます。

相互の文化の否定は人間自身を不幸にするものです。人間の脳だからできる優れた活動は、大きな困難を克服しブレイクスルーへの道を照らし出してきました。自分が他に致命傷を負わせるだけの獰猛な脳を持つということに気づかない鳩は仲間に致命傷を負わせるという動物行動学者でノーベル賞受賞者であるローレンツの指摘が人間にもそのまま当てはまるような事態は避けられるはずです。人間は「思い込み」からの自由を脳に与えられれば脳の活動はそれを可能にするはずです。

望まれないアグレッシブな脳の活動を抱えてさえ、ネルソン・マンデラ氏が経験的に気づいたように、脳の活動のさせ方次第で、アミグダラの活動の活性化状態から脳に自由をもたらすことは可能なのです。脳の活動のさせ方次第で、それぞれの文化を尊重できる脳の状態を自律的に獲得していくことは可能なはずなのです。それゆえ、各文化を尊重できる脳の活動を自律的に獲得していくことを助ける道が国際的な場の中に照らし出されるべきなのです。惑星上の各地域の社会に暮らす人間がその道を確認し合える国際的な場は必要なのです。

利得の獲得、快適さの追求、そして便利さの追求、それぞれへの欲求を満たすことがハピネスの基礎であり、それが文明の目的であると思い込んでも、地球環境の安定的継続性を犠牲にして、ハピネスの維持は不可能です。アミグダラの活動を活性化させ、アグレッシブな意識を高め大量消費大量廃棄を許す活動を導く試みには、地球環境の安定的継続性の維持を助ける力も文明の安定的継続性の維持を助ける力もありません。この惑星上でグローバルな社会活動に関する理想を求めるのであれば、アミグダラの活動を沈静化させる能力が脳には備わっているということを確認し合える活動が必要なのです。

望まれないアグレッシブな意識を克服して生き物の命の重さの等しさを尊重できる脳の働きを取り戻すことが必要です。戦争と殺戮を繰り返す獰猛さの特徴を意味する人間性という不名誉な表現を否定できてこそ、文明の継続性が守られ、わたしらも人間も含む生き物が惑星上で命を継承できる状況が維持されるのです。不名誉な特徴を否定するために、人間の意識を導く役割を哲学も社会学も負っていると人間は理解しているはずです。さらに、その役割を高邁な精神に支えられたスポーツも競技者も負っているのです。脳の活動に関する理解の実態を示すことにより、サイエンスは、当然、その役割を助けなければなりません。

戦場での極度な緊張状態を経験させられた兵士が、帰還後正常な社会生活を送ることができない局面に立たされていることはよく知られています。最も長い間戦争をし続けてきた国では、そのことが社会問題になっています。極度な緊張状態がＤＮＡ分子にエピジェネティックな変化を確実に与えているのです。そのエピジェネティックな変化にはＤＮＡ分子のメチル化状態の変化が伴っているはずです。しかも、そうであれば脳は記憶していなくても、ＤＮＡ分子のメチル化状態の変化として刻まれた記憶は、次の世代へ、さらに次の世代へと受け渡される可能性を許してしまいます。

戦闘を美化したエンターテインメントは、遺伝子に刻まれた戦争の記憶を脳のレベルまで呼び覚ますことを可能にしても不思議ではありません。そのとき、細胞内でのセロトニン分子の合成機能やオキシトーシン分子の合成機能が十分な役割を果たせないほどに食べ物が欠損した状態であったりしたならば、集団的な心理状態がもたらす何かが原因して、あるいは集団的な心理状態と個人的な心理状態との協力作用に基づく何かが原因して、アミグダラのシナップスに伝播したドーパミン分子がアミグダラの活動を活性化させローレンツが懸念するような悲惨な攻撃を生み出してしまう可能性はあり得ることです。

アミグダラを活性化させる潜在的要因として、DNA分子のメチル化状態に生じた変化が寄与しているかどうかは定かでないとしても可能性として無視すべきではないです。これは、エピジェネティックスに関する今日的研究成果が、人間に警告していることとして理解すべきです。もちろん、エピジェネティックスに関する今日的研究成果によれば、人間の脳が文明の継続性の維持に明確な意志さえもてば、DNA分子のメチル化状態の変化は望ましい変化に向け発展させることは可能なのです。DNA分子のメチル化状態の変化をポジティブな向きへなのか、ネガティブな向きへなのか、変化させる方向次第で、現在を生きる人間自身の運命だけでなく、将来を生きる子や孫の運命、そしてわたしらを含む惑星上の全ての生き物の運命、さらには地球環境自体の運命までが変わってしまうのです。

アミグダラの活動を助長する大脳新皮質の肥大化は進化？

ＤＮＡ分子中の塩基配列に異常が含まれることによって発症する病気が遺伝病です。遺伝子操作とか遺伝子組み換えとかは、ＤＮＡ分子中の塩基配列の一部を人間の都合に合わせて人為的に変えることです。２０２０年のノーベル化学賞を受賞した2人の研究者、独マックス・プランク感染生物学研究所のエマニュエル・シャルパンティエ所長と米カリフォルニア大バークレー校のジェニファー・ダウドナ教授とによって確立されたゲノム編集技術"CRISPR–Cas9"を用いたＤＮＡ分子中の塩基配列の人為的変更操作には技術的な難しさがないとされています。それゆえ、"CRISPR–Cas9"を用いれば、さまざまな技術を習得中の学生でさえ容易にＤＮＡ分子中の塩基配列の変更操作ができるのです。植物の細胞、動物の細胞、微生物の細胞、を問わずに人間の都合に合わせてゲノム編集が行えるのです。従って、"CRISPR–Cas9"の使用は、ＤＮＡ分子の塩基配列に含まれる異常に起源がある遺伝病に対する遺伝子治療の1つの手段として寄与できます。"CRISPR–Cas9"が照らし出した道をどのように進むかについてテクノロジーは何も言わないです。後悔を残さぬように、それを決めるのは人間の脳です。

このように、遺伝子を改変させることは難しいことではなく、大脳新皮質を拡大させ人間の脳の特徴を導く遺伝子を取り扱い、大脳皮質を拡大させる実験が既に行われています。ブラジル北東部に生息し体重３００〜５００グラムの小さな猿の仲間の１つで実験動物として遺伝子改変が許されているコモンマーモセットの遺伝子に、ヒトにしか存在しない遺伝子であるＡＲＨＧＡＰ11Ｂを組み込むことが行われたのです。多くの動物種が持っているＲＨＧＡＰ11Ａ遺伝子に部分的な重複が起こるとＡＲＨＧＡＰ11Ｂが生じます。今から１５０万年前から50万年前までの期間に、ＡＲＨＧＡＰ11Ｂ遺伝子の１箇所に変異が生じ、人間だけが持つタイプのＡＲＨＧＡＰ11Ｂ遺伝子が生じ、その遺伝子が大脳新皮質の拡大に寄与したと予測されています（Florio M et al., Science Advances, 2016）。事実、そのタイプのＡＲＨＧＡＰ11Ｂ遺伝子をＤＮＡ分子中に組み込まれたコモンマーモセットの脳では、そうではないコモンマーモセットの脳に比べ神経細胞の数が約20パーセント増加している結果が突き止められたのです（２０２０年６月25日の理化学研究所研究成果プレスリリース）。従って、人間の脳において遺伝子ＡＲＨＧＡＰ11Ｂは、ブレイクスルーに向け「思い込み」を超えて脳を活動させる方向にも、脳内の小さな神経組織であるアミグダラの活動能力を増強する方向にも、作用したことになります。大脳新皮質の拡大は、ブレイクスルーの達成を可能にする脳の活動を導いただけでなく、アミグダラの活動能力を増強させることにも寄与したと言わなければならないのです。アミグダラの活動の増強も人間を特徴づける進化であると言われることに対し、それを単純に受け入れられる人間は多くはないはずです。

アミグダラの活性化から脳を自由にすることの価値

アグレッシブな意識の起源はアミグダラの活動の活性化にあります。アグレッシブな意識を脳に導いた原因は外的要因に責任があり、アグレッシブな意識を解消する手段は、その要因を破壊し尽くすことであるという「思い込み」を生み出し、その「思い込み」によって脳が占有された状態を疑問なしに受け入れるか、あるいは義務として受け入れる生き物は人間だけです。その「思い込み」は戦い破壊することに正しさがあるという理由を脳にもたらします。その「思い込み」は、戦い破壊し続けることを義務として美化することを許します。そのようなことを義務として美化する生き物は、全生命史を通して、自分たちこそ争うことを避ける崇高な知恵を生み出せる最も優れた脳を持つと、自惚れている人間たちだけです。

生命史上最も獰猛な行動を許す脳を、人間が持ってしまった理由は脳の構造と機能の見地から真剣に問わなければならないことです。そもそも、長期間にわたりアミグダラの活動を活性化させっ放しにし、オキシトーシン分子の作用もセロトニン分子の作用も無効にし続けることには、神経細胞に関わる分子生物学的理由があるはずです。生命史上最も獰猛な特徴を持つ人間の脳に対し、その獰猛さを改善し克服するための分子生物学的根拠を明らかにし、その根拠に基づき獰猛さを否定するための思想を人間は構築すべきです。銀河系内の宇宙空間を高速で公転運動しているこの惑星上に文明の安定的継続性を維持することは、そのことによって許されるのです。人間だけでなくわたしら猫もその他の生き物も生活し続けることが許されるのです。

少なくともオキシトーシン分子の作用を上手に導くことができれば、活性化したアミグダラの活動状態を沈静化させることができます。ただし、アミグダラの活動が活性化しなければ良いというものではないです。アミグダラの活動が活性化しなければ、津波、噴火、鉄砲水、土石流、放射能の大量流出などの突発的危機から素早く逃れる活動ができず、命を危険に晒すリスクを高めてしまいます。重要なことは、戦闘状態のような人為的異常状態を導く活性化したアミグダラの活動をオキシトーシン分子の作用を導いて沈静化させる能力です。そのような能力を強化することが重要なのです。また、その能力を維持することが重要なのです。人為的動機付けにより人間のアミグダラの活動の活性化は情けないほど簡単に生じてしまうからです。

①望まれないアグレッシブな意識から脳に自由を許すこと

望まれないアグレッシブな意識から自由になれない脳の活動にパスカル自身の脳がひたすら晒され続けていたのであれば、「人間は考える葦」という「思い込み」がパスカルの脳に導かれることはなかったはずです。また、模範になる解決方法がどこかにあると探し回ることに躍起になっている脳の活動にパスカル自身の脳がひたすら晒され続けていたのであれば、「人間は考える葦」という「思い込み」がパスカル自身の脳に導かれることはなかったはずです。どこかにある既知の知識に照らし出されている道ではない未知の道の先に存在するものをブレイクスルーとして出現させてきた脳の活動の例を人間は幾つも確認できます。既存の知識にヒントを求めたとしてもさまざまな記憶から脳を自由にし、開かれたニューロンネットワークの活動を許す脳の活動を導ければ、惑星上のさまざまな地域の社会の間にあるいは文化の間に導かれた不信感を克服するためのクリエイティヴなアイディアが人間の脳に導かれるはずです。

「思い込み」から脳を自由にし、開かれたニューロンネットワークの活動を許すことは、新しい段階に向かうときいつでも必要なことです。南アフリカ共和国の大統領として人種間の対立抗争の克服に大きな貢献をしたネルソン・マンデラ氏自身が体験的に気づいたことは、望まれないアグレッシブな意識から脳を自由にし、抗争に向かわせる意識の起源の理解に向け開かれたニューロンネットワークの活動を行うことの重要性でした。アグレッシブな意識から脳を自由にし、抗争に向かわせる意識の起源の理解に向けて開かれた脳の活動を許せば、その活動は、ジュゾランピックを支えるスポーツの高邁な精神である「相互に相手を尊重し相互にフェアに振る舞い互いをフェアに扱うこと」に象徴される徳の高さが人間の脳に導かれることを可能にするのです。文明の継続性を維持すること、さらに望ましい地球環境の継続性を維持すること、それらのために、徳の高さが人間の脳の活動から導かれることは重要です。惑星上のどの地域に暮らす人間も、異なる地域に暮らす人間に対し、信頼感と敬意とを失わせたままでは、それらの継続性を維持することは不可能です。

②高邁な精神、高邁な哲学を原因するオキシトーシンの作用

オキシトーシン分子は脳内のさまざまな神経組織へと拡散し影響を及ぼしています。最初、オキシトーシン前駆体が、その合成を導く遺伝子のエピジェネティックな状態が維持されている神経細胞で合成されます。その神経細胞からは、他の神経細胞と同じように、インパルスの入力経路となる樹状突起もインパルスの出力経路となる軸索も伸び出ています。それゆえ、その神経細胞は、樹状突起と軸索を介してニューロンネットワークの一部に組み込まれています。従って、合成されたオキシトーシン前駆体は伸びた軸索の末端に向け拡散していくことになります。すなわち、オキシトーシン分子の前駆体は、頭蓋の真ん中付近に位置する視床下部、その神経組織を構成する小さな神経組織である視策上核と

室傍核とに局在している神経細胞で合成された後、分泌顆粒と呼ばれる球状の膜に包まれた状態で神経細胞の軸索中を末端に向け拡散していきます。オキシトーシン分子の前駆体が拡散したどり着く軸索末端は、脳下垂体を構成する神経組織の１つである後葉に接続します。後葉は室傍核や視策上核の下側に位置し、オキシトーシン分子の前駆体は、軸索末端で酵素の作用によりオキシトーシン分子に変化します。小さな神経組織である脳下垂体の後葉には非常に発達した毛細血管網があります。脳下垂体後葉に届いたインパルスを受けてオキシトーシン分子は脳下垂体後葉から毛細血管網を介して血液中に放出されることになります。

オキシトーシン分子の前駆体の合成を行うことができる各神経細胞から軸索は、脳下垂体後葉の他、脳内のさまざまな神経組織に向けても延びています。例えば、その軸索は、大脳皮質、海馬、腹側被蓋野、アミグダラなどへも達していることがわかっています。オキシトーシン分子の前駆体の拡散を助ける軸索は、摂食・代謝機能と強い結びつきがある神経組織である弓状核や報酬応答に関与する神経組織である側坐核にも達しています。軸索の末端でオキシトーシン分子の前駆体から生成するオキシトーシン分子は、脳内のさまざまな神経組織で神経伝達物質としての作用を導いていることになります。しかも、オキシトーシン受容体を有する神経細胞は脳内に広く分布していることがわかっています。オキシトーシン分子の作用は、大脳皮質、海馬、アミグダラなどを含むさまざまな脳神経組織の活動に重要な影響を及ぼしているわけです。

③オキシトーシンの作用がもたらすこと

ギャンブルに利得を期待する意識や今日の投資に明日の利得を期待する意識を含めアグレッシブな意識から脳を自由にし、開かれたニューロンネットワークの活動を許す脳の活動のさせ方は重要です。そのような脳の活動のさせ方は、オキシトーシン分子の前駆体の合成を導く遺伝子の活動と連動しているからです。

神経伝達物質としての機能を持つペプチドホルモンであるオキシトーシン分子は、9個のアミノ酸分子の結合体であり、脳内の神経組織の活動にポジティブな影響をもたらします。セロトニン分子は心理に安らぎを与える神経伝達物質です。そのセロトニン分子に対し応答性を持つ神経細胞の働きを活性化させる働きが、オキシトーシン分子の作用にはあります。オキシトーシン分子が導くその神経細胞の働きは、人間同士の関わり方に対しアミグダラの活動がもたらす不信感、不安、恐れ、不満、威嚇などの負の応答から脳を自由にすることを許しています。さらに、その神経細胞の働きは、人間同士の間に互いの受け入れを導く社会的思考の獲得や社会的振る舞いの獲得、それぞれに寄与しているのです。

オキシトーシン分子の作用に関しては、2022年現在でさえ未解明な部分が多く残されていますが、不信感や闘争心を導くアミグダラの異常な活動を沈静化させることに、オキシトーシン分子の作用が寄与していることは注目されるべきです。オキシトーシン分子には、アミグダラの活動を煽る因子から脳を自由にし、開かれたニューロンネットワークの活動を許しアミグダラの度を越えた活動状態を沈める作用があるわけです。それゆえ、オキシトーシン分子の作用は、文明の安定的継続性を維持すること、そして望ましい地球環境の安定的継続性を維持すること、それらを可能にする徳の高さが人間の脳で高まることを可能にしていることになります。

オキシトーシン分子の作用が脳から失われ、他者に対する信頼感が失われたとき、その状態の社会では、人間が経験してきた歴史が示すように悲惨さを増幅させます。前頭前野は、自分自身を含めた人間同士の相互関係に関する理解を助ける活動をしています。オキシトーシン分子の作用は、前頭前野によるその活動を助け、社会的振る舞いに関する障害を取り除くことに寄与しています。このことは、自閉症スペクトラム症として診断された患者へのオキシトーシンの投与から確認されていることです。さらに、オキシトーシン分子には、海馬を構成する神経細胞の新生を促進させる作用があり、その作用には、うつ病を改善する潜在的力が備わっています。そのことは、今日、明らかにされつつあることです。

④オキシトーシン合成を助長するオキシトーシンの作用

何らかの刺激を受けてオキシトーシン分子が分泌されたとき、そのオキシトーシン分子がオキシトーシン前駆体の合成を受け持つ神経細胞自体が持っているオキシトーシン受容体に結合する可能性があります。その受容体へのオキシトーシン分子の結合が発生させたインパルスは、合成を受け持つ神経細胞に、オキシトーシン前駆体分子の合成を促進させるシグナルとして認識されます。合成されたオキシトーシン前駆体分子は、酵素の働きでオキシトーシン分子となり、合成を受け持つ神経細胞を刺激し、オキシトーシン前駆体分子の合成をより増加させます。結局、増えたオキシトーシン分子がさらにオキシトーシン分子を増やすというポジティブなフィードバックが、オキシトーシン受容体を介して、オキシトーシン前駆体分子の合成過程に働くわけです。その上、女性ホルモンの1種であるエストロゲンの作用は、神経細胞同士をつなぐシナプス領域に存在するオキシトーシン受容体の数を増加させます。オキシトーシン分子を増やすポジティブなフィードバックの発生をエストロゲンの作用は強めているわけです。

オキシトーシン分子の最初の放出を導く切っ掛けがあれば、オキシトーシン前駆体分子の合成を活性化できます。それにより、人間の脳は徳の高さを高めることができます。オキシトーシン分子の最初の放出を導く切っ掛けとなる役割は重要であり、それは高邁な哲学を掲げる国際的なフェスチバルに託されていることになります。すなわち、ドーパミン分子の作用に由来するアミグダラの活性化が導く人間の欲望を消費へと収斂させるための計画であったとしても、スポーツの高邁な精神に支えられた競技者の振る舞いと思考が形作る哲学は、国際的なフェスチバルに、オキシトーシン分子の最初の放出を導く切っ掛けとなる役割を与えていることになるのです。

第7章　高邁な精神に制御された活動が導く競い合い

オキシトーシン前駆体を含むタンパク質合成に関しどの段階で遺伝子が関わるかを決める因子は、細胞を取り巻く環境からもたらされ、遺伝子からその因子がもたらされるのではありません。人間と社会の状態との関係から細胞に波及することもその因子になり得ます。

（1）攻撃性を鎮静化させる能力とエンターテインメント

高邁な精神に基づく競争の美

スポーツは、予想を超えた身体の動きに競い合いの要素に加えて、そこからもたらされる驚きのパフォーマンスをエンターテインメントとして楽しむ活動であることは確かです。そのスポーツでいう「競う」とは、「競うことを介して、自己を知ること、自己を律すること、そして自己に打ち克つこと」という姿勢を貫く精神に美徳を求めることです。これはクーベルタン男爵が言及した一言です。この指摘に関し別の言い方をするとすれば、スポーツとは、互いを尊重し互いにフェアに振る舞い互いをフェアに扱う高邁な精神に基づき律されたアミグダラの活動の自覚に従った振る舞いと思考が導く競い合いだということです。エンターテインメントとしてのスポーツの見せどころは、その高邁な精神に基づき律された振る舞いと思考を美徳とするところにあるわけです。そのエンターテインメントが見せるパフォーマンスはアミグダラの活動を自覚し、その活動を高邁な精神に基づき制御している脳による活動に支えられた哲学的振る舞いということになります。

高邁な精神に基づく競い合いであるスポーツには、文明の安定的継続性の維持を助ける力があります。一方、活性化させっ放しの状態に向けてアミグダラの活動を導くようなパフォーマンスは、スポーツの高邁な精神から逸脱しています。スポーツの見せどころは、たとえ活性化させてもオキシトーシン分子の作用を受けてアミグダラの活動を沈静化させる能力が、高邁な精神に支えられた競技者の脳にそして人間の脳に備わっていることを確認し合うところにあるわけです。

今、わたしは手入れされた立派な和式の庭を構えたお宅を中心に生活しています。末裔の家には幼い頃食べ慣れた食べ物をしばしばねだりにいきます。今のような生活になった背景には、マイティー叔父さんが末裔の家にしばしば戻ってくるようになったことがあります。
マイティー叔父さんは末裔の前では猫撫で声で愛嬌を振る舞うくせに、わたしらに対しては厳しく叱りつけるのです。ときにはパンチも食らってしまいます。以前のマイティー叔父さんは野良猫仲間から好かれ皆彼をしたっていたのです。マイティー叔父さんはさまざまなテリトリーから野良猫たちを末裔の家に集め、クーベルタンが言及したジュゾランピックの精神を象徴するような親和的な運動会をしていました。

そんな平穏な毎日が続いていたとき、地域のボス猫が現れ、マイティー叔父さんに対し追い出しにかかりました。そんな中、マイティー叔父さんは尻尾の付け根を強く噛まれたことが原因してそこが化膿し敗血症になりかかりました。幸い、末裔が獣医にマイティー叔父さんを見せ、重篤な状況を脱することができました。元気を取り戻して間もなくマイティー叔父さんは末裔のところに現れることがなくなりました。そして2021年春、全く性格が変わってマイティー叔父さんはわたしたちの前に現れたのです。マイティー叔父さんの性格を変えた原因は、数匹のボス猫による攻撃にあります。それでも末裔の前では、以前通りの猫撫で声で愛嬌を振りまいています。

動物行動学者ローレンツが書いた『攻撃』（みすず書房）という本によれば、鋭い爪や嘴を持って生まれたワシはそれらが相手にどのようなダメージを与えるのかを知っているため、攻撃の意志が失せた相手にとことん攻撃することはないとのことです。マイティー叔父さんは噛まれたところが化膿しそれが原因して敗血症で死にそうになりました。しかし、噛まれたことが直接的に死に向かわせることはありませんでした。しかし、親和的な振る舞いの象徴である鳩は、特定の個体を攻撃し始めると、とことん最後まで攻撃し続けてしまうとのことです。人間も鳩によく似ています。攻撃し始めるととことん最後までしかも何十年にもわたたって攻撃し続けます。アフガニスタンでは20年にもわたって攻撃が続きました。ウクライナでは今激しい攻撃が何の躊躇もなく続いています。不安の原因を作る意志、不安を助長させる意志、そして不安をビジネスに利用しようとする意志、それらが混ざり合った状況が、人間の脳に攻撃性を膨らませ攻撃を正当化し美化させる作用を誘導させてしまいます。しかもエンターテインメントとして攻撃を楽しむ文化さえ膨張させています。

だからこそ、互いに尊重し合う精神性、互いにフェアに振る舞う精神性、そして互いをフェアに扱う精神性を行動と思考の哲学として持つ競技者が導く競争の美への関心を高めることは重要なのだと理解できます。このことが、スポーツに課されている高邁な役割を明確化させています。そして、その高邁な精神が支えるパフォーマンスをエンターテインメントとして楽しめることを、人間はジュゾランピックに期待しているのです。

高邁な精神に基づく競争の美そして競争の美徳を楽しむエンターテインメントであるスポーツには、競い合いがもたらした勝者への敬意も競い合いを成立させてくれた相手への敬意も見出せます。それは、エンターテインメントを楽しむ価値に清々しさを伴わせています。たとえ活性化させたとしてもアミグダラの活動を意図的に鎮静化できる能力の高さを競い合いの中に見出せることに人間は満たされるものを感じているはずです。

その能力の高さは競争の美徳を形作っています。スポーツは、古代ローマの剣闘士の戦いとは異なるカテゴリーに属している活動です。アミグダラの活動が高まりアグレッシブな脳の状態に直面しても、存在する相手への敬意が欠けてはスポーツではなくなります。

互いを尊重し互いにフェアに振る舞い互いをフェアに扱う精神性に従った思考と振る舞いの表現としてのパフォーマンスであるからこそ、爽快さを伴った満ち足りを導くことが、競争の美徳に支えられ、スポーツにはできるのです。

パフォーマンスを楽しむことを介して競争の美徳を記憶に残すことは、スポーツに関わるフェスチバルのレガシーとなることです。スポーツの役割は、その期待に応えることであり、文明の安定的継続性の維持のためにスポーツに課されていることです。

高邁な精神そして高邁な哲学に支えられた国際的なスポーツのフェスチバルであるジュゾランピックには、文明の安定的継続性の維持への貢献が託されています。文明の安定的継続性に向かうことを助ける道に、多額の出資を覚悟することは誉れとなる決意ということになります。スポーツの高邁な精神を惑星上のさまざまな地域の社会の中に積極的に浸透させ、その精神が反映された状態に向けて社会の精神性を成長させる助けとなることは、文明の安定的継続性の維持に寄与することになります。

メダル数への関心を超えた先：文明の継続性

互いに尊重し合う精神性、互いにフェアに振る舞う精神性、そして互いをフェアに扱う精神性に支えられたエンターテインメントを楽しみとする文化を拒絶する人間はいないはずです。それにもかかわらず、アミグダラの活動の活性化を楽しませる各種のエンターテインメントを探し出すことは難しいことではないです。アミグダラの活動の活性化を助長するようなことを受け入れてしまう状況を、社会に探し出すことも難しいことではないです。打ち負かすことに突き進む行いを支える意志、その方向に突き進む行いを義務として受け入れようとする姿勢、その姿勢を讃える精神性、それらを見つけ出すことは難しいことではないです。相手を打ち負かす姿勢はよく強調されますが、互いに尊重し合い互いにフェアに振る舞い互いをフェアに扱うという高邁な精神とその精神が導く行いやパフォーマンスが実況で強調されることはほとんどないです。

そもそも、メダルの数という表現を通して、スポーツとは、アミグダラを活性化させせっ放しにし、アグレッシブに相手を打ち負かすことを楽しむ活動であると、人間の脳に思い込ませようとしているところが報道には現れています。また、エンターテインメントとして、アグレッシブに相手を打ち負かすことを楽しむことがスポーツには求められているという認識を刷り込むかのようにメダルの数という表現を通して表される公の意志や支援する団体の意志を確認できます。その上、それを反映するかのように、公が公の場で讃えようとすることは、相手を打ち負かしたことに偏り、スポーツの高邁な精神に基づき律された振る舞いを美徳とする姿勢を讃えることではないです。そのことは報道が示している通りです。

高邁な精神に基づき行われるべきフェスチバルの役割への関心が、メダルの数への関心によって置き替わってしまう実態がレガシーとなるようでは、互いに尊重し合う精神性、互いにフェアに振る舞う精神性、および互いをフェアに扱う精神性を通して実現させようとしている文明の安定的継続性の維持を放棄することになります。

それでも、メダルの数への関心にこだわることから脳を自由にしたくない事情があるのであれば、競技者が受け取るメダルと同じものをメダル1つにつき必要経費の何分の1かの寄付金を付加した価格で希望者に販売すべきです。メダルの売り上げから、フェスチバルの開催費用が補填できることになります。

古代ローマの人々を熱狂させたエンターテインメントの1つである剣闘士の戦いを、スポーツと考える人間はいないはずです。それでも、スポーツの醍醐味とは、アミグダラの活動の活性化を助長することであり、相手を打ち負かすことそして打ち負かすことへの闘争心を脳に焼き付けることであると思い込んでいる人間は大勢ではないとしても少なくない可能性があります。フェスチバルの開催費用の補填に寄与すること、そしてフェスチバルの役割である高邁な哲学の流布に努めること、それらを同時に可能にする道を進むのであれば、メダルの販売は選択すべき選択肢の1つになり得ます。

オキシトーシン分子の作用を届ける高邁な精神

スポーツの高邁な精神は、互いに尊重し合い互いにフェアに振る舞い互いをフェアに扱う哲学を惑星上の各地の社会に浸透させることを助けるものです。言い換えれば、それは、望まれないアグレッシブな意識を克服して、命の重さの等しさを尊重する意識を高めることです。スポーツの高邁な精神に従う競技者の哲学とパフォーマンスをエンターテインメントとして楽しむ国際的なフェスチバルであるジュゾランピックは、その意識を確認し合うことを助け、その意識をグローバルに高める役割を負っていることになります。

メダルの数に関心を集積すること、相手を打ち負かしたことに喜びを求めること、そして相手を打ち負かしたことへの優位性を顕示することは、いずれもアミグダラの活性化を誘導することです。金融商品のような抽象的なものの売り買いやギャンブルで儲けをあげようと躍起になることも、アミグダラの活性化を誘導することであることが知られています。金融商品のような抽象的なものの売り買いで儲けをあげることは、実体経済に寄生したような活動であり、物品の売り買いで儲けをあげることとは同じ意味の経済活動ではないです。国際的なフェスチバルのために出資し、それにより社会にスポーツの高邁な精神を届けようとする活動は、やはり物品の売り買いで儲けをあげる経済活動とは異なる活動です。

ただし、その活動の目的は、アミグダラの活性化を和らげ、互いに尊重し合い互いにフェアに振る舞い互いをフェアに扱える能力をグローバルに確認し合いそれを高めることです。それは、活性化したアミグダラの活動から脳を自由にし、アミグダラの活動を制御するニューロンネットワークの形成を助けることです。そのような活動だからこそ、mRNAワクチンやmRNA医薬品などに関わる分子生物学上の研究への投資を遮断しても、巨額な出資を行うことに関して多くの人間は受け入れを覚悟したわけです。活性化したアミグダラにオキシトーシン分子の作用を届けることを、人間は、その出資に求めたわけです。

その出資は、互いをフェアに扱い惑星上で等しく生きるという状況を支えようとする意思表示であり、名古屋出入国在留管理局に収容されていた2021年3月現在33歳だったスリランカ人の女性ウィシュマ・サンダマリさんを病死に追い込むような精神性の貧弱さをなくす覚悟を表すものです。アミグダラの活動にオキシトーシン分子の作用を届けようとする活動に価値を見出そうとする人間の意思表示には、文明の安定的継続性の維持にこだわった人間の覚悟が表れています。

感染症対策に対する新しいテクノロジーの確立への投資という特別な投資と比較しても、オキシトーシン分子の作用を世界各地に届けるということへの投資を受け入れるべきとする人間の覚悟は尊重されるべきことです。ただし、未知のウイルスが引き起こす感染症であろうが馴染みのウイルスの変異種が引き起こす感染症であろうが、あらゆる感染症がジフテリアや天然痘のように人間にとり制御可能な状況にあるという「思い込み」は、ビル・ゲイツ氏が懸念するように正しくはないです。ＣＯＶＩＤ‐19パンデミックは、それへの備えの重要性を人間に気づかせました。

分子生物学の研究成果がもたらす最新の知見は、感染症対策を含め医療技術に第２、第３のブレイクスルーを許す可能性があります。ＤＮＡ分子、ＲＮＡ分子、タンパク質分子、などに代表される巨大分子同士の間の相互作用に関する膨大な最新の研究成果は、新たに理解しなければならないことの多さを人間の脳に突きつけています。しかも、最新の研究成果は、既にわかっているとしてきたことの中に訂正されるべきことを要求することさえあるのです。分子生物学上の研究活動に備わるポテンシャリティーを無視すべきではないです。もし、感染対策に関し、分子生物学の研究成果がもたらす最新の知見を考慮した最新の処置を考えることに対して消極的な「思い込み」が、公にも、投資家にも、会社にも、社会にも維持され続けている状況があるとすれば、それは望ましい状態ではないです。

とはいえ、分子生物学上の研究が持つポテンシャリティーを考慮しても、アミグダラにオキシトーシン分子の作用を届けることへの出資には優先する価値があると気づいた多くの人間の覚悟は尊重されるべきことです。それは、地球上の各地域の社会に暮らす人間のアミグダラに、オキシトーシン分子の作用を届けるという覚悟を意味するわけです。ウクライナでの戦争の勃発という残念な現実がありますが、オキシトーシン分子の作用を導く高邁な哲学とそれを表現するパフォーマンスを届けることに関し覚悟して、高額な出資を受け入れた決断自体にレガシーとしての意味が備わっています。オキシトーシン分子の作用は、地球上の各地域に暮らす人間の身体にエピジェネティックな現象をポジティブに導くことを助けるはずだからです。フェスチバルへの投資には、文明の安定的継続性の維持へのこだわりが表れています。

（2）尊重し合う高邁な精神から託されている役割

スポーツの特徴は、互いを尊重し互いにフェアに振る舞い互いをフェアに扱う精神性から導かれています。その高邁な精神は、互いに命を尊重し互いにフェアに振る舞う習慣とともに互いをフェアに扱う習慣が惑星上の各地域の社会に浸透していくことを助けるものです。

それゆえ、スポーツの高邁な精神が求めることは、難民としてＵＮＨＣＲに支援される競技者がどこの出身地であっても、地球上の市民としてスポーツのフェスチバルにおいてフェアに扱われるべきだということです。それは、国連所属の競技者として、国連のフラッグを背負って競技できることを権利として認めるべきだということです。人間は誰もが、地球上の市民なのです。それゆえ、故郷を追われても国連のフラッグを背負ってパフォーマンスを見せる権利があるのです。しかも、それを見せることは、アグレッシブな集団的意識の減衰と消失を求める権利そして惑星上で人間各自がフェアに扱われる権利、それらの権利を全ての人間が持つという意志表示をグローバルに示すことを意味します。

その意志表示をすることとは、地球規模で人間がそして生き物が等しく益することとは何かを具体化することを助けることになります。それはフェスチバルのレガシーとなり得ることです。スポーツの高邁な精神に支えられたエンターテインメントから達成すべきことは、少なくとも、望まれないアグレッシブな意識を克服して人間を含む生き物の命の重さの等しさを地球規模で尊重することを確認し合うこと、そして命の重さの等しさを尊重する社会の意志を確認し合うことです。さらに、それらに加えて、多様な文化からなる文明が尊重され継続されることを確認し合うことと文明を積極的に継続させる意志を確認し合うことです。これはエピジェネティックな意味で、ポジティブな効果を導く助けとなるはずです。スポーツの高邁な精神を表現する哲学者として振る舞い思考する競技者の活動は、競技者が自覚しているかいないかに関わらず、文明の安定的継続性の維持のため、そして地球環境の安定的継続性の維持のため役割を託されているのです。

第8章　地球という惑星上での文明の継続性維持への意志とは

シェアされなければならない惑星環境の有限性と「共有地の悲劇」

文明の継続性の維持には、地球環境の安定性の維持に対し高い関心の維持が不可欠です。昨今の異常気象の発生頻度の高まりは、今日の投資が明日の利得になることへの関心および一層の便利さと快適さへの関心に関して、なるがままに任せることによって導かれる危機の顕在化を表しています。この危機の顕在化は、学術誌“Science”（Vol.162, p.1243-1248, 1968年）に投稿した論文で米国の生態学者ギャレット・ハーディンが指摘した「共有地の悲劇」に相当する不具合です。

惑星を薄く取り巻く空気層中にＣＯ２を放出するという活動を、今日の投資による明日の利得の獲得のために、そして一層の便利さと快適さの追求のために、人間は行い続けています。そこには、地球環境が持つ許容性への過度な期待があります。地球環境が持つ許容性は人間の欲望を幾らでも受け入れるという「思い込み」が人間の脳を占有しています。その結果、薄く取り巻く大気の層の中で起こる気象現象の異常さとして、地球環境の不安定化が顕在化してきているのです。

人間がエベレスト登頂で達する領域の高さも旅客機で海外に移動中に達している領域の高さも、日常的に認識されている人間の生活領域の高さと比較して、大きな違いはないという考え方を人間の脳は単純に受け入れないかもしれません。わたしらも人間も含め生き物が生息している領域は、地球という惑星の表面にへばりついた極めて狭い領域です。その領域の狭さ、その領域の薄さに関する認識を脳にもたらすことに関しては、僅か93分程度で地球の周りを１周している国際宇宙ステーションの中からの映像でさえ、十分な役割を果たしているとは言えません。

しかし、地球を離れ、直径30センチメートルの地球儀程度の大きさに見える位置まで遠ざかって地球を見ると、標高８８４８メートルのエベレストも標高４８０８メートルのモンブロァンも標高５８９５メートルのキリマンジャロも突き出ることなく地球表面はツルツルの球面ということになります。直径30センチメートルの地球儀上で、人間が日常的に生きられる大気の下部層はというと、０・１２ミリメートルの厚さしかないのです。ちなみに、コピー紙の厚さは０・２ミリメートルです。わたしらや人間を含め多くの生き物が生きられる大気の下部層は地球表面に薄くへばりついた膜状であることが理解できます。わたしらや人間を含む多くの生き物はその薄い膜状の層の中で生きているのです。気象現象はそのほぼ倍の厚さに相当する０・２４ミリメートルの膜状の層の中での現象ということになります。夏の青い空の向こうに立ち上がる積乱雲いわゆる入道雲の高さは10キロメートル前後です。それは、直径30センチメートルの地球儀上では、０・２４ミリメートル程度の高さしかないです。

わたしを含め生き物が生息している領域内での日々の生活によって培われる「思い込み」がブロックするため、その層の薄さへの認識が脳に届かなくても不思議はないです。それゆえ、地球温暖化現象を考えるときは、その「思い込み」から脳を自由にし、開かれたニューロンネットワークの活動が求められるのです。地球環境と文明を継続的に維持するためにです。

地球環境によるＣＯ２の除去能力には限界があるのです。人間がその限界を無視または過大評価して、より多くの利得を求めようとして、さらに、より一層の快適さと便利さを求めようとして、ＣＯ２を排出し続ける活動は、「共有地の悲劇」へと導く活動に相当します。事実、ＮＡＳＡによってマウナケアの山頂で常時続けられている観測が示している地球大気中のＣＯ２は、年々着実に増加し続けています。なお、その観測結果には誰でもアクセスできます。

森林の伐採が導くＣＯ２の除去能力の減少が毎年進行する中で、異常気象が原因した熱波と乾燥により大規模な森林火災が惑星上のどこかで毎年発生しています。そのような森林火災はＣＯ２除去能力の一層の喪失を導いています。加えて、生産と消費とが生み出し続けている廃棄物として、プラスチック、木材、コンクリート、嫌われものの高レベル放射性物質、生き物として許せない食品ロス、その焼却に伴うＣＯ２などがあります。

現実と向き合い現実を常時分析し続ける能力が、人間の優れた脳に備わっていないわけがないのです。望まれないアグレッシブな意識を克服して生き物の命の重さの等しさを地球規模で尊重し合える社会を惑星上の各地に構築し、何百万年を超えてそれを維持する能力が、人間の優れた脳には備わっているはずです。その能力を使う意志さえ脳に導けば全ての問題を解消できるはずです。地球環境の安定的継続性を許すシェアを地球という惑星に対し可能にするような脳の使い方を、「共有地の悲劇」を避けて、人間の脳はできるはずです。

不足するものがあればワクチンであっても地球環境の安定性であっても買えば良いという考え方に基づき、富の蓄積こそ、会社の目的、投資家の目的、公の目的、そして社会の目的であるという「思い込み」をいつも引きずり、それから自由になることを恐れて開かれることがない脳の活動に留まりたがるところが人間の脳には確かにあります。今日の投資から明日の利得を得るために、そして一層の便利さと快適さを追求するために、高レベル放射性廃棄物の処分はどこかで引き受けてもらい、エネルギー、空気、そして自然資源を消費し続けることが、ハピネスを支えるという「思い込み」があるはずです。投資家の意識も会社の意識も公の意識も社会の意識もその「思い込み」に影響されているところがあるはずです。「人間の一生と比較して長い影響期間を持つ望ましくない廃棄物の増大をたとえ伴っても、物品の生産と廃棄を活発化させてこそ望む利得、望む生活、そして望む社会が形作られる」という「思い込み」があり、その「思い込み」が多数派を構成する人間の脳を占有しているはずです。

物品の製造と消費に伴うＣＯ２の発生もそれに伴う廃棄物の発生も地球の大きさが受け入れてくれるという「思い込み」から脳を自由にできない状況は、「共有地の悲劇」を深刻化させます。アミグダラの活動を活性化し合って、紛争を予感し合うとか紛争を激化させ続けているとかしている間に「共有地の悲劇」が最終局面に向かって刻々と深刻化している状況を人間の脳が理解できないわけがないです。「思い込み」から脳を自由にすることを避けようとする脳の使い方が地球環境を深刻化させていることに、人間の脳が目覚めることをサイエンスも哲学も助ける必要があります。

文明を積極的に継続させることに人間は自分たちの意志をフォーカスさせなければならないと強調しなければならないほどに、欲望が導く人為的行為が異常気象の発生を許し始めています。人為的行為によって、地球環境の安定性はその維持に関して危機に晒されています。文明の継続性の維持に関心を持たずに、今日の投資がもたらす明日の利得の追求や一層の便利さと快適さの追求が、楽しさの追求とともに人間の脳を占有し、脳の活動に関し自由を失った状況を受け入れてしまう傾向があります。また、アミグダラの活動の活性化を高め合う活動に脳は簡単に占有されてしまう傾向があります。しかも、文明の継続性の維持へ向かうべき脳の活動自体が抑制されてしまう傾向があります。国連が指摘するように、地球環境の安定的な継続性を許すシェアが、地球という惑星に対し「共有地の悲劇」を避けて、求められていることに人間の脳は向き合う必要があるのです。

地球という惑星に与えているダメージ

地球温暖化現象を否定したい強い願望を「思い込み」として抱えたまま、温室効果現象が引き起こす想像を超えた幾つもの異常に、サイエンスの助けなしに脳が気づく時期を迎えたとき、その瞬間に、大気中のＣＯ２の濃度や大気と接する海水の温度が、元に戻るということはありません。欲望のためにサイエンスの指摘を無視した脳が直面する悲劇は人間の一生を掛けても元に戻せない状況をもたらす可能性さえあります。

ひとたび温まった物質を冷ますとき、宇宙で最も冷め難い物質が水なのです。わたしらにはないけれど、それを脳に記憶させた幼い時代が人間にはあるはずです。分子構造と電子軌道との関係が発生させる分子間の結合によって比熱を大きくさせる特徴が、水分子Ｈ２Ｏにはあるのです。さらに、それだけでなく、Ｈ２Ｏは、ＣＯ２より強力な温室効果を原因するのです。そのため、大気に含まれるＨ２Ｏの増加による大気の温度の上昇は海水表面からの水の蒸発を助けることになります。

地球に存在する水の量は、地球表面から突き出た陸地の部分で海底の凹みを埋め平らな球面にしたならば、地球を２・７キロメートルの深さの海ですっぽり覆ってしまうだけの量になります。この量は、太陽系の外側を公転している海王星や２０２２年11月８日皆既月食時に惑星食を起こした天王星、それぞれが抱えている水の量と比べればとても少ない量です。しかし、地球温暖化現象への水の存在の寄与という観点で考えるならば、その水の量はとんでもない量です。

なお、海王星に存在する水の層は、水にアンモニアとメタンが加わって形成され地球10

〜15個分の質量を持つマントルとして存在していることが観測結果から推定されています。天王星に存在する水の層も、海王星と同様であり、それは、水にアンモニアとメタンが加わって形成され地球9〜14個分の質量を持つマントルとして存在していると観測結果から推定されています。それらのマントル中にはメタンが分解して形成された大量のダイヤモンドが存在していなければなりません。熱力学の要請によれば、出現できる原子の結合形態は、自由エネルギーを極小化できる状態でなければなりません。このことから炭素の結晶であるダイヤモンドの存在が予測されているのです。

海王星や天王星が抱えている水の量と比べると地球に存在する水の量は微々たるものですが、地球表面にへばりついている大気層中で起こる気候現象に海水温の小さな上昇が及ぼす影響は、人間やわたしらを含む生き物にとり、極めて大きいです。コップに入れた10兆分の2立方キロメートル（＝200ミリリットル）のお湯と地球を取り巻く3億4276万立方キロメートルの海水とを比較すれば、とんでもない桁外れの違いに直面します。その桁外れの違いから、海水温の小さな上昇の意味の大きさを理解することができるはずです。あらゆる物質の中で水は最も大きな比熱を持つという記憶に脳が気づければ、一層鮮明に脳の中に、海水温の小さな上昇が持つ意味の深刻さが照らし出されるはずです。

金星での場合、地表で約92気圧に達する圧力を持つＣＯ２を主成分とする大気は、強力な温室効果現象を発生させ、地表近傍での気温をセッ氏約４６０度まで上昇させています。地球表面においても、大気中のＣＯ２は温度を上昇させることをしています。太陽から降り注ぐ光のエネルギーのうち約30パーセントは宇宙空間に反射され、残りは地球に吸収され地球表面の温度を上昇させています。真夏の日差しに晒された車の表面が熱い事実に気づいている人間は多数いるはずです。車表面や地球表面からは赤外線の形態で熱が輻射エネルギーとして宇宙空間に向け出て行く現象が生じます。そのため、地球の表面温度は上がりすぎることなく一定になるのです。このとき大気中に存在するＣＯ２分子、Ｈ２Ｏ分子、メタン分子などの分子は、地球表面から放射された赤外線の一部を地球表面に戻すことをします。その結果、地球表面が温められる温室効果が生じることになるわけです。もちろん、温室効果は、海水温も上昇させます。海面温度の上昇は、大気温度の上昇と大気中の水蒸気量の増加を許します。大気中の水蒸気量の増加は地球表面に戻す赤外線の量を増加させ海水温をさらに上昇させます。

地球表面でのそのような現象をさらに複雑化させる因子として大気中には対流が発生し、熱を拡散させます。海においても海流が発生し熱を拡散させます。H2O分子は窒素分子や酸素分子より軽いため上空に向かって移動しやすく、上空で冷えます。大気中の水蒸気量が飽和蒸気圧を超えると雲を形成することになります。水蒸気の凝集に基づく雲の形成は低気圧を発生させそして成長させます。海水温の上昇は超巨大台風の発生を可能にします。

CO2濃度の増加がもたらす温室効果は、気象現象を両極端化させます。海水温の上昇により供給される多量の水蒸気は、台風やハリケーンに代表される熱帯低気圧を巨大化させることとか、あるいは数多くの巨大な積乱雲を一列に連なった状態で出現させることなどをします。その結果として、一部の地域で極端に膨大な量の雨が降ることになります。その一方で、雨を降らせた後の乾いた空気は、極端に乾燥した地域が生まれることを許すのです。誰でも想像できるように、この現象は農業にネガティブな影響をもたらします。今日の投資がもたらす明日の利得を蓄積し富さえ確保し続けていれば食糧はいつでも買うことができるという「思い込み」は、気象現象の極端化により、都市部で生活する人間に深刻な状況を突きつけることになるはずです。

考えられる全てを考慮して、大気中のＣＯ２の量と気候変動との関係を物理学的工夫なしで地球規模で数値計算する場合、２０２２年時点での最新鋭のスーパーコンピュータの計算能力を持ってしても十分とは言えないほど多量の計算量が要求されます。それでも数値計算に用いる数理モデルを工夫することによって、大気中のＣＯ２の量と地球温暖化の影響との関係を予測する精度が高められてきました。地球環境に備わっている能力の限界を正しく知るためにです。

地球環境に備わっている能力を、制限なしでただで利用してきました。それをただで利用できるという「思い込み」から導かれる「共有地の悲劇」について理解しなければならないことを、異常気象を伴った気候変動は、投資家にも会社にも公にも社会にも突きつけてきています。その「思い込み」から脳を自由にし、望ましい方向に向かう意識が、開かれたニューロンネットワークの活動から形成される必要があるのです。ただし、そのような意識が形成され全てが望ましい方向に向かったとしても、地球が用意してくれている環境を、投資家、会社、公、そして社会がただで利用し続けてきたことによって蓄積されたダメージが、ただちに修復されるというようなことにはなりません。テクノロジーに求める効率化には限界があります。熱力学第2法則によって突きつけられる効率はテクノロジーの限界を意味するものです。そもそも、温まった海水が元に戻るためには時間がかかります。地球環境へ与えたダメージの修復が1世代で済まず複数の世代にわたって続けられることになるかもしれないことに危機感を持つべきです。

ＩＰＣＣの指摘とノーベル賞選考委員会の決断

２０２１年10月5日のノーベル賞選考委員会のメンバーたちの訴えも、２０２１年8月の第6次報告書によるＩＰＣＣの断言も、今日の地球環境がいかに深刻な状況にあるかを示すものです。ＩＰＣＣ「気候変動に関する政府間パネル」は国連によってサポートされた組織で、科学的な知見の集約と評価のため多くの科学者や専門家を巻き込んだ特別な機関です。今日の投資によって明日の利得を得ようとする投資家や会社や公によってどの程度に理解されているか不明ですが、ＩＰＣＣの活動に関わる科学者や専門家は無報酬で文明の継続性の維持と地球環境の継続性の維持のために評価・分析作業を行っています。

ＩＰＣＣの１９９０年の第１次報告書では、「人間の活動が大気中でのＣＯ２などの温室効果ガスの濃度の増加を原因し、地球上での温室効果が高まっている」と指摘されていました。１９９５年のＩＰＣＣの第２次報告書では、「人間の活動の影響で地球温暖化が起こりつつある」と指摘されるに至りました。地球温暖化と地球の気候に関して定量的で高い信頼性を持つ評価を達成するためには、２０２２年現在のスーパーコンピュータの計算能力でさえ簡単ではない重い数値計算の実行が必要です。幸い、定量的で高い信頼性を伴う予測を可能にする物理的数理モデルが確立されていました。その物理的数理モデルに基づく計算結果が、ＩＰＣＣから出される報告書の指摘をより強固なものにすることを助けました。

２００１年のＩＰＣＣの第３次報告書では、「過去50年間に観測された温暖化現象の原因のほぼ全てに人間の活動が関わっている強力な証拠が得られた」と指摘されています。

2021年8月のIPCCの第6次報告書（第1部）では、「大気、海洋、および陸域を温暖化させてきた原因が人間の活動にあることに疑う余地がない」と断定されるに至りました。

ただで利用できるものは、使い尽くすまでは儲けのために利用すべきだという「思い込み」は「共有地の悲劇」を導きます。しかし、その「思い込み」から脳を自由にせず、温暖化現象への人間の関与に未だに疑いを持ち、その上、今日の投資が明日の利得に結びつかない温暖化防止対策への積極的関与を拒絶する意志は、現在、多数派によって維持されています。それゆえ、温暖化問題に関する事態の深刻さを世界の政治に向け訴えようとノーベル賞選考委員会は決断したのです。そして、2021年10月5日、ノーベル賞選考委員会のメンバーたちは、「温暖化問題の深刻さが伝わっているどうかわからないが、地球温暖化現象とそのネガティブな影響評価は確かなサイエンスに基づき導かれた結果である」と指摘したのです。

2021年、ノーベル賞選考委員会は、本年のノーベル物理学賞の授与を、ミクロスケール領域からマクロスケール領域までにわたる複雑系の理論的取り扱いに関わる貢献をしたローマ大学教授パリージ博士とともに、定量的で高い信頼を伴う地球温暖化の予測を可能にする地球気候の物理的数理モデルの確立に貢献した理由で、プリンストン大学上席研究員真壁博士とハンブルク大学名誉教授ハッセルマン博士とに決定したと発表しました。

真壁博士は、大気中のＣＯ２の存在が地球温暖化へ寄与することを、大気層と海洋層との接触を考慮して定量的で高い信頼性を伴う評価を可能にする物理的数理モデルを確立することに貢献しました。大気の温度変動には短期的スパンで急激かつ不規則な変動が伴います。しかし、海洋温度の変動は長期的スパンで変動する特徴を持ちます。ハッセルマン博士は、大気の温度変動と海洋の温度変動との関係を含め、短期的スパンでの不規則変動をノイズとして扱い、長期的スパンでの変動を含む気候変動現象を説明する数理モデルを確立することに貢献しました。この数理モデルは、気候変動に含まれる自然現象からの寄与分と人間の活動からの寄与分とを識別可能にする道を開き、今日の温暖化の原因が人間の活動から排出されたＣＯ２にあるということを明瞭にしたというわけです。

スーパーコンピュータの計算能力に頼ってさえ、地球を取り巻く大気層中で起こる気象現象がCO2の大気中濃度に依存しているという状況を精密に評価することは簡単なことではないのです。それゆえ、数理モデルが確立されたということには重要な意味があるわけです。CO2の大気中濃度と気象現象との間の関係を定量的に予測し今日的状況を明瞭に説明することができる数理モデルの確立は、投資家、会社、公、そして社会に、文明を守りハピネスを維持するために考慮すべき道を示したことになるわけです。

地球温暖化と異常気象：認識を脳に届ける取り組み

英国のグラスゴーで「国連気候変動枠組条約第26回締約国会議」COP26は、「パリ協定」と「気候変動に関する国際連合枠組条約」の目標に関して、科学に基づく根拠を理由に掲げ合意達成を目指そうとして2021年11月に開催されました。その会議は、CO2の放出の抑制を進め早期のうちにそれをゼロにするということに対し合意を得ようとするものでした。

会議の開催期間中、会場内の展示場では、石炭火力発電の新技術の開発とその導入とに関心を集めようとする投資家に支えられた会社の動きがありました。その動きは、ＣＯ２の放出ゼロに結びつかない石炭火力発電技術へのこだわりを表します。その石炭火力発電の新技術に投資した時間と資金が原因する義務感が、利得獲得を会場で試みさせたと解釈できます。それは、義務を守ろうとして速度を落とさずカーブに向かって列車を突進させた運転手の脳の活動に類似した活動を表すものです。もちろん、そのようなこだわりは会議の趣旨に対し後ろ向きであるとして、非難されたことは言うまでもありません。

巨大プラントを構築し支えるための技術には、流体力学、熱力学、熱化学反応、電気・機械・金属材料工学などさまざまな分野に起源がある各種の技術ごとに大勢の専門技術者が関わっています。原子力プラントでは、放射線の遮蔽、放射能の封じ込め、原子核分裂反応の制御、などがさらに加わり、さらに多くの分野に起源がある各種の技術ごとに大勢の専門技術者が関わることになります。そのような様々な技術と結びついた巨大プラントにはそれを維持管理するため各種の会社が関わらざるを得ません。そのようなプラントにかかわるテクノロジーの使用を止める場合、その影響の大きさを技術者も会社も公も投資家も社会も懸念しないわけがありません。圧倒的多数の人間の願望を支えるテクノロジーの使用を止める場合に関しても同じことです。そのようなテクノロジーの使用を止めようとした場合、速度を落とさずカーブに向かって列車を突進させた運転手の脳の活動で優先された守りたい義務や願望に相当する何かによって導かれる困難が必然的に現れます。

圧倒的多数の人間の願望を支えるテクノロジーの使用と結びついた多くの義務や願望に由来する現行意識から脳を自由にできなければ、サイエンスに基づき予測されている気温上昇と気候変動を回避すべきと理解していてさえ必要な取り組みに関して、その意識は人間の脳の活動を消極的にさせて不思議はないです。その意識が異常気象の原因を作っていると承知していてさえ、その意識は、投資家においても、会社においても、公においても、社会においても、組織としてのあるいは集団としての脳の活動を、必要な取り組みに関して消極的にさせてしまうのです。結果として、CO2の放出を伴ってさえ、今日の投資による明日の利得の獲得は、一層の便利さの追求と一層の快適さの追求を許し、継続的にハピネスは維持され、文明維持の目的は達成されるという「思い込み」が、正当化された形で導かれることになります。

そのとき、一般相対性理論に基づき機能しているＧＰＳを利用しながらサイエンスはフェイクだとして、ＣＯ２の年間放出量がどんなに増加しても物資の大量消費と大量廃棄は、文明の目的を達成する望ましい手段であると、投資家も、会社も、公も、社会も思い続けることになります。結局、物資の大量消費と大量廃棄にこそＧＤＰ値を高め、惑星上のどの地域の社会に暮らす人間の幸福度指数も高められ続けると、投資家も会社も公も社会も思い込み続けることになるわけです。ハピネスは、今日の投資による明日の利得の獲得、一層の便利さの追求、および一層の快適さの追求にあるという思い込みが、惑星上のどの地域の社会においても多数派の脳を占有しているという状況を否定する人間はいないはずです。

物資の大量消費と大量廃棄は直接的あるいは間接的にＣＯ２の放出が伴っています。物資の生産、例えば、コンクリート、鉄、アルミニウム、半導体、プラスチック、等の資材、化学品、医薬品、等の化合物、これらの生産に関して、直接的あるいは間接的にＣＯ２の放出が伴っています。火力発電所からの電力を使用して何かを行う場合、必ず間接的にＣ

O2を放出していることになります。当然、石炭、ガソリン、軽油、重油、石油、等を燃料として空気中のCO2と反応させれば直接的にCO2の放出を発生させます。物資の今日的な大量生産、大量消費、そして大量廃棄は、ハピネスをもたらすための社会的目的そして文明の目的であるという「思い込み」が人間の脳に導かれたままであれば、地球環境の安定的継続性の維持は困難であるということです。これが、IPCCの報告書が示唆していることです。IPCCの第2作業部会の報告書を批判する専門家が存在するものの、そこには「惑星上の各地の社会で達成しフェアに維持されるべきハピネスを支えることができる道」と「地球環境の安定的継続性の維持を可能にする状態へ向かえる道」とに関わる複数の可能性が示されています。

もちろん、文明の安定的継続性の維持のためにも、現行の「思い込み」を生み出しているニューロンネットワークから自由になるということは必要なことです。合理性を否定した情緒的判断を導くアミグダラの異常な活動が関与したニューロンネットワークの活動が強められた状況は避けなければなりません。それは、ハピネスの維持のために避けなければならないことです。アミグダラの異常な活動は、調和したハピネスという状態を忘れさせ、望ましくない判断と振る舞いを導いてしまうリスクを高めます。そのことを人間は経験的に知っています。それを避け「思い込み」から脳を自由にする役割および今日的なハピネスとはどのような状態か具体的再考を助ける役割、それらの役割に関し考えることを人間自身に問う哲学が負う責任は、非常に大きいということを人間は理解しているはずです。

今日の投資による明日の利得の獲得および一層の便利さと快適さの追求、それらの活動にはハピネスの源があり、それらを変更させるだけの重要性が、ＣＯ２の排出と異常気象との関連づけから生まれることはないという「思い込み」が、一部の専門家を含め社会の多数派を今でも占めています。たとえ「共有地の悲劇」が深刻化しても、ハピネスは、今日の投資による明日の利得の獲得および一層の便利さと快適さの追求にかかわる今日的方法からもたらされるものであるという「思い込み」を過半数の人間は否定しないはずです。それゆえ、ＩＰＣＣの報告書の指摘は、今日的ハピネスの形成方法を変更する理由にはならないという拒絶の「思い込み」が、社会の多数派を占めたとしても不思議はないのです。
惑星上の多数の地域の社会において、投資家、会社、そして公の振る舞いにはＩＰＣＣの報告書を疑う姿勢さえ現れています。

選択の余地がなく他に選ぶべきものがない現状を認識していても、状況に合致していない道の選択を求めたがる誤った「思い込み」に脳が支配される傾向を人間には否定できないところがあります。カーブで減速しなかった列車の事故は良い例です。しかも、そのような不具合が致命的な結果をもたらすことは歴史から知ることができるはずです。

大気中のCO2濃度の毎年の上昇はマウナケア山頂での観測が示す事実です。大気中のCO2分子が地表から宇宙空間に向かう赤外線の一部を地表に戻す現象は物理現象です。その赤外線が海面の温度を上昇させる現象も物理現象です。それにより大気がより多量の水蒸気を含む現象も物理現象です。大気中のH2O分子が地表から宇宙空間に向かう赤外線の一部を地表に戻す現象も物理現象です。その赤外線が海面の温度を一層上昇させる現象も物理現象です。H2O分子が酸素分子や窒素分子より軽く、重力に逆らって上昇しやすいことも物理現象です。上昇した多量のH2O分子が冷えて雲を作る現象も物理現象です。水蒸気を雨の水滴として振り落とした後の空気は当然乾燥することになります。それゆえ、今日的量のＣＯ２を放出し続けながら今日的ハピネスおよびその形成方法を維持しようとする意思表示が人間やわたしらに突きつけることとは、地域に依存し大雨あるいは異常乾燥として出現する異常気象です。そのような異常気象への直面を必然の出来事として受け入れる覚悟を、今日的ハピネスと引き換えに多数の人間は持っているという現状があることになります。

惑星上の各地域における社会で、過半数の人間が異常気象直面に対し覚悟を持っているという状況が、地球環境の安定的継続性の維持を脅かす事態へと導いているわけです。そのことに対し、ＩＰＣＣもノーベル委員会も危機感を持っているのです。異常な気象の発生抑制に関する対策も、その異常な気象が引き起こす災害の発生の削減に関する対策も、ＣＯ２の排出削減から始まる必要があるのです。それを考慮せず今日的ハピネスの形成方法にこだわり続けるならば、地球環境を安定的に継続させることに関して困難が立ちはだかることになります。状況に合致していない「思い込み」が脳に作らせる都合の良いイメージが原因する致命的不具合は避けられなければなりません。今日的ハピネスの形成方法を魅力的に強調するだけで、現行状況にも倫理観にも合致していない「思い込み」が脳に形成されることを許す活動は、文明を安定的に長続きさせようとする意志を無効にするものです。現行の「思い込み」が許すハピネスから脳を自由にし、IPCCから出されている報告書を、技術者も会社も公も投資家も社会も深刻に受け止め、文明の安定的継続性の維持を許すハピネスに向け脳の活動を活性化させることが今日的に求められることです。なお、その「思い込み」から脳を自由にすることの価値を示す役割は、大きな影響力を持つ哲学にあるということを誰でも理解できるはずです。

好奇心が気づかせる文明継続性維持への意志

①NASAの次世代宇宙望遠鏡（ジェイムズ・ウェッブ宇宙望遠鏡）

1辺0・75メートルの六角形18枚からなる差し渡し6・5メートルの主鏡を持ち、観測波長領域として赤色光600ナノメートルから赤外線2万8000ナノメートルまでをカバーするジェイムズ・ウェッブ宇宙望遠鏡によって捕らえられた複数の観測画像の最初の公開が、2022年7月11日NASAによって行われました。その画像の中には、銀河同士の間に広がる宇宙空間に存在する重力が銀河の画像を歪める重力レンズ効果をクリアーに示すものが含まれています。今後、ジェイムズ・ウェッブ宇宙望遠鏡は、初期の宇宙空間に最初に輝き始めた星の姿や最初に形成された銀河の姿を鮮明に見せてくれるものと期待されています。

ジェイムズ・ウェッブ宇宙望遠鏡は、ＮＡＳＡ、欧州宇宙機関ＥＳＡ、およびカナダ宇宙庁ＣＳＡにより共同して進められてきたプロジェクトです、ジェイムズ・ウェッブ宇宙望遠鏡は、日本時間で２０２１年12月25日夜に打ち上げられました。２０２２年１月24日に、地球から１５０万キロメートル地点に位置するラグランジュポイント**Ｌ２**の近傍である約１６１万キロメートルの地点にジェイムズ・ウェッブ宇宙望遠鏡が達したとＮＡＳＡは発表していました。

Ｌ２は、月の公転軌道までの距離と比較してはるかに遠く、その距離の約４倍の地点に位置します。しかも、**Ｌ２**は太陽と地球とを直線で結ぶ延長線上に位置し、地球の公転軌道より外側に位置しています。**Ｌ２**では、地球の位置より太陽から遠ざかるため太陽からの引力は弱まりその位置の物体の公転速度はその分だけ落ちるはずです。しかし、地球からの引力がその物体に加わることによってＬ２では、公転速度がちょうど地球と同じ大きさになります。すなわち、Ｌ２の位置にある物体は地球とともに太陽の周りを公転することになるわけです。そのような特殊な位置にジェイムズ・ウェッブ宇宙望遠鏡は配置されているというわけです。

Ｌ２は太陽から見て地球の裏側に当たる位置に相当します。そのため、ジェイムズ・ウェッブ宇宙望遠鏡はほとんど地球の裏側にへばりついた形態で、太陽の周りを地球とともに周回することになります。その位置では、太陽電池パネルが機能しないことを意味します。そこで、実際は少し複雑な動きをジェイムズ・ウェッブ宇宙望遠鏡にさせています。すなわち、ジェイムズ・ウェッブ宇宙望遠鏡は、Ｌ２の近傍を囲む閉軌道を周回しているのです。その閉軌道は、月から受ける重力が月の周回運動に基づき変化するため小さな変動を受けます。なお、ラグランジュポイントの存在に気づくためには、宇宙ステーション内部の映像を見て宇宙空間は無重力と思い込んでしまう脳の活動からは脳を自由にする必要があります。

②ビッグ・バーンから始まった宇宙の形成

宇宙開びゃく０秒から10^{-43}秒後までの期間が、プランク時代と呼ばれ粒子間での重力相互作用の強さも他の相互作用の強さも同程度と考えられている宇宙の最初期に当たります。その状態から、膨張は粒子間に生じるべき重力相互作用と他の相互作用との間に違いを導き、その違いの出現と歩調を合わせ急速膨張時代であるインフレーション時代に突入していったと考えられています。宇宙開びゃくから10^{-43}秒経過した後には粒子間に生じるべき重力相互作用と他の相互作用との間に完全な違いが出現し、宇宙開びゃくから約10^{-36}秒後には強い相互作用の強さと弱い相互作用の強さとの間に特徴の違いが表れ始めました。この時期、弱い相互作用の強さの特徴と電磁相互作用の強さの特徴との間には違いが現れていません。

宇宙開びゃくから10^{-32}秒後にはインフレーション期間が終え、宇宙は鈍化した速度での膨張時代に入ります。このとき、粒子間に生じるべき弱い相互作用の強さと電磁相互作用の強さとの間に特徴の違いが現れ始めます。宇宙開びゃくから約10^{-12}秒経過した後、弱い相互作用の強さの特徴と電磁相互作用の強さの特徴との間に完全な違いが出現すると同時にクォーク時代が始まり約10^{-6}秒後まで続きます。ニュートリノはこのような宇宙初期の情報を伴って宇宙空間を飛び回っていることになります。宇宙開びゃくから約10^{-6}秒経過した後、クォークはハドロンとして閉じ込められ、ハドロン時代が始まり1秒後まで続きます。引き続いてレプトン時代が始まり10秒後まで続きます。

なお、ホーキング博士が絶賛するワインバーグの本『宇宙創生はじめの3分間』(ちくま学芸文庫)に解説される物質の歴史は、宇宙開びゃくから0・01秒経過した後からヘリウム原子核の形成に至る3分46秒後までのドラマチックな変化の詳細を物語るものです。それは、宇宙に物質が存在するに至った歴史への好奇心を掻き立てるはずです。ただし、ブラックホール形成を許すこととそれを許さず膨張を可能にすることとの間に矛盾を導かずに済むような特別な物理的メカニズムについては、ダークエネルギーの存在を手がかりとして見出せるのか、真剣に考えるべきことの1つです。

さて、宇宙開びゃくから1時間15分後、宇宙空間での原子核の形成は止まり、原子核の形成は、2・5億年以上経過した後に生じる星の形成に伴う星内部での核融合反応に委ねられることになります。宇宙空間での原子核の形成が止まった後、光のエネルギーも電子や原子核が持つ運動エネルギーも、電子と原子核との結合を許さない光子時代が約38万年後まで続くことになります。そして、自由に運動していた電子が、陽子やヘリウムの原子核および微量のリチウムやベリリウムなどの原子核と結合して、中性の原子が宇宙空間に存在できる状態になります。この状態が、光が宇宙空間を長距離にわたって直進できる状況を生み出しました。今日、その光を電波として、電波望遠鏡で観測できます。

光が宇宙空間を長距離にわたって直進できる状態になった後、宇宙開びゃく後2億年頃から9億年頃まで、宇宙空間に存在していた中性の原子から電子が放出させられていた状況が、その痕跡を捉えた観測から推定されています。その状況の出現には、クエーサーと呼ばれる明るく輝く活動銀河から放たれる強い放射エネルギーあるいは最初に輝き始めた星からの放射エネルギーが関わっていたと予測されています。このような理由から、ビッグ・バーン後２・５億年から３・５億年の間に最初の星が誕生したと推定されているわけです。その最初の星の誕生現場こそ、ジェイムズ・ウェッブ宇宙望遠鏡が狙う観測対象の１つです。

銀河の形成には、超巨大ブラックホールの形成後に引き寄せられた物質から星が生まれ銀河が形成されたという考え方と、形成されたたくさんの星が集合した結果として銀河と銀河中心核としてのブラックホールが形成されたという考え方、それらの2つがあります。クエーサーを含め最初に形成された銀河を詳しく観測できれば、いずれが正しいか、その疑問に答えることができるかもしれません。ジェイムズ・ウェッブ宇宙望遠鏡に期待されていることは、宇宙開びゃく0秒から約2億年経過した時点での宇宙空間の状況を観測し、星の最初の誕生現場や銀河の最初の形成現場を鮮明に捉えることとです。それは、わたしらや人間を含む生き物たちを乗せた地球が属する太陽系を含む天の川銀河の起源に迫れることを意味します。わたしらはあまり気にしませんが、文化として人間は自分たちの起源にこだわりを持っています。ジェイムズ・ウェッブ宇宙望遠鏡からもたらされる鮮明な画像は、人間たちが望む自分たちの起源の一部に迫る情報をもたらしてくれると期待されています。また、太陽系外惑星の観測に関しても、ジェイムズ・ウェッブ宇宙望遠鏡は今までにない高い精度の観測結果をもたらすと期待されています。なお、誰でもアクセスできるNASAの"JAMES WEBB SPACE TELESCOPE"のサイトには、運用開始からこれまでに観測された画像が公開されています。そこにアクセスすれば、如何なる人間であろうと想像することも描くこともできないとんでもない美しさを、公開画像から見出せるはずです。

ジェイムズ・ウェッブ宇宙望遠鏡には、２週間の国際フェスチバルに費やした費用より少ないものの約97億ドルの予算が投入されました。ＮＡＳＡによれば、そのジェイムズ・ウェッブ宇宙望遠鏡の運用期間は５〜10年間です。ただし、条件次第では10年以上の運用ができる可能性もあるようです。

③宇宙空間は無重力ではない

宇宙ステーション内部の映像を見て宇宙空間は無重力と思い込んでしまう脳の活動から脳を自由にし、開かれたニューロンネットワークの活動を可能にすることとは、とてつもなく大きな未知に気づく道を開いてくれていることに気づくことができます。１９３３年、スイスの天文学者フリッツ・ツビッキーは、観察された銀河の集団内での各銀河の動きをヴィリアル定理との比較に基づき解析した結果、ヴィリアル定理から評価される質量が、観測結果より異常に大きいことに気づきました。一方、米国の天文学者ベラ・ルービン博士は銀河の回転速度に関する精密な観測を行い、重力を生み出している未知の何かが、観測できる星と共に銀河の形成にかかわっていなければならないことを突き止めたのです。その未知の何かは、今日ダークマターと呼ばれ、その存在は渦巻き銀河の形の維持を可能にしています。

そもそも、生まれたばかりの銀河は回転速度がゆっくりで、現在に近づくほど回転速度が速くなっています。それはダークマターが銀河中心に向かって落下しているからと解釈されています。多数の銀河が集合している宇宙空間におけるダークマター分布に関する3次元マップの作成は、重力レンズ効果を利用して行われています。今日、ダークマターの有力候補は未知の粒子です。その粒子は常時あらゆる方向から飛んできてわたしらの身体も人間の身体もないかのように突き抜けていると考えられます。ダークマターは、そんなに身近な存在でありながら全く未知の存在ということになるわけです。カナダの地下にはそのダークマターを捕まえようと検出器が既に設置されています。

今日、人間は宇宙の５パーセントしか知りません。ダークマターが27パーセントを占め宇宙膨張を原因しているダークエネルギーが68パーセントを占めています。物質は５パーセントにすぎないのです。ダークマターだけでなくダークエネルギーも未知の存在です。しかも、ダークエネルギーに関しては、ダークマターと異なり、均一に分布しているようなイメージで捉えられています。しかし、本質的に均一かどうかは問わなければならないことです。宇宙に関して、わかってきている５パーセントの物質に関わる部分を除き、残りの95パーセントは未知の存在であり、宇宙開びゃくから初期宇宙に至るまでの過程で、物質とダークマターとの分布へのダークエネルギーの影響は無視できるのか否か、気にすべき事柄になります。

宇宙ステーション内部の映像を見て宇宙空間は無重力と思い込んでしまう脳の活動から脳を自由にし、開かれたニューロンネットワークの活動を可能にし、大きな未知への好奇心に目覚めることは、人間の脳に文明維持に向けた明確な意志をもたらしてくれるはずです。望まないそして望まれないアミグダラの活動の活性化の抑制に、オキシトーシン分子の作用とともに寄与してくれる効果が、未知への好奇心からもたらされるはずです。文明の継続性の維持を目指すという見地から、ジェイムズ・ウェッブ宇宙望遠鏡への約97億ドルの出資が持つ意味は、2週間のジュゾランピックへの数兆円の出資が持つ意味に決して劣ることがないです。

④好奇心が導く生きる目的

宇宙で人間が知っている存在はたった5パーセントを占めている物質です。それ以外の存在であるダークマターの実体についてもダークエネルギーの実体についても、とてつもなく大きな未知です。そんな存在でありながら、遠いどこかに存在するものでなくダークマターもダークエネルギーも身近な存在です。それらの理解を目指し進む道に人間の脳が好奇心を抱かないはずがないです。

一般相対性理論と量子論は宇宙を理解していくための道を照らし出してくれました。今日までに達成している理解を超えて本質に近づくためには、現行の「思い込み」から脳を自由にしなければならないかもしれません。ビッグ・バーンの原因を含め膨張を続けている宇宙空間の実態を、物質、ダークマター、そしてダークエネルギーの起源とともにより詳しく理解していく道を進むことは人間の好奇心を膨らませ続けてくれるはずです。宇宙空間の実態をより詳しく理解していく道を進むことは、文明を継続的に長続きさせようとする意志を強く持つことに寄与するはずです。今日の投資が明日の利得に結びつく何かへの関心のみこそ、人間の生きる目的であるという「思い込み」へのこだわりが拒絶できないとしても、優れた脳を持つ人間にとっての生きる目的に未知への好奇心が関わらないわけがないのです。好奇心への関わりを生きる目的の１つとして持つ人間が、文明の継続性へ関心を持たないわけがありません。生きる目的を持っている状態が、文明の継続性への関心から無関係に生まれることはないからです。

⑤文明を支える惑星環境の安定的継続性

利得への関心のため便利さへの関心のため快適さへの関心のため、それらのために文明の継続性への関心を麻痺させている脳の活動に組み込まれている「思い込み」から脳を自由にし、開かれたニューロンネットワークの活動を可能にすることができれば、文明の安定的継続性は維持されます。人間は、文明を継続的に長続きさせようとする意志さえ持てば、それを可能にできるのです。利得の追求は社会の安定さの維持の上に可能となり、社会の安定さは文明の継続性の維持に関する意志によって許され、文明の継続性の維持は地球環境の継続性の維持に関する意志によって支えられるものです。

地球は特定の投資家のものでも、特定の会社のもので、特定の社会のものでもなく、人間が文明の継続性を維持するためにだけでなく、わたしらを含む全ての生き物が銀河系内の宇宙空間を安全に安定して航行するために守らなければならない乗り物なのです。地球が属する太陽系は天の川銀河の銀河中心に向かう重力に引かれ軌道上を毎秒約２１０キロメートルという高速度で公転運動しています。これは想像ではなく観測が示す事実です。ファンタジーの世界が脳に作らせる「思い込み」は別として、地球環境の安定的継続性の維持を無視した制御不能の欲望に支配されたまま形成される「思い込み」から脳を自由にすることができないのであれば、文明の安定的継続性の維持に関しそれを可能にする道を見出すことに大きな困難が、ＩＰＣＣが指摘するように立ちはだかることになります。太陽も地球も人間もわたしらを含む全ての生き物も、天の川銀河の中心に向かう重力を受けて維持されている銀河系の宇宙環境の中を運動しています。宇宙空間を毎秒約２１０キロメートルの速さで移動している乗り物に備わる安定的環境に対して「共有地の悲劇」が深刻化する事態は避けるべきです。今日的ハピネスの形成方法がもたらす「思い込み」から脳を自由にし、地球環境の安定的継続性を維持する意志を人間が持てば、地球は人間を乗せて１００万年、１０００万年、それ以上の期間、文明の安定的継続性の維持を許すのです。わたしらの路上生活の維持も許されるのです。銀河系の中での太陽系の公転軌道も、そして太陽系内での地球の公転軌道も宇宙空間を伝播する重力の作用によって安定的に定まっています。人間が、地球環境の安定的継続性を維持することに関し意志を持ちさえすれば、各軌道の安定性の見地から地球環境の安定性は維持されるのです。

エピローグ

「思い込み」からどのように脳を自由にするか？

選択の余地がないだけでなく、余地がない理由を脳の活動は脳に認識させていても、状況に合致していない道の選択を求めたがる誤った「思い込み」から脳を自由にできなかった例はたくさんあります。そのような「思い込み」から脳を自由にできなかったために導かれた激しい攻撃的非難、改ざん、事故、災害、戦争などの深刻な不具合が、最近の出来事からも歴史からも見出されます。それゆえ、そのような例が幾つも人間の脳には刻まれているはずです。カーブで列車のスピードを落とさなければならないことを脳は理解していても、時間的利得を稼ぐ要請が課す義務に脳が支配され、義務と強い願望とからなる「思い込み」から脳を自由にできなかった結果として、悲劇的な事故が関西地方で導かれました。状況に合致していない道の選択を求めたがる誤った「思い込み」に脳が支配されたとき、不具合は致命的になります。人間が地球環境に直面させている今日的状況は、カーブでスピードを落とさなければならない列車と同じ状況だということです。

メッセンジャーRNA（mRNA）を用いた医療技術の可能性は30年以上も前から認識されていました。今日の投資による明日の利得のみにこだわった「思い込み」はその認識を黙殺しました。今日の投資による明日の利得のみに依存した社会からmRNAワクチンを製造するテクノロジーは生まれないことを、パンデミックは投資家にも公にも会社にも社会にも認識させたはずです。脳や心臓を含めあらゆる臓器に横断的にダメージを与え得るCOVID‐19の身体への影響をできるだけ小さく抑えるためのテクノロジーの重要性にビル・ゲイツ氏だけでなく多くの人間が今日気づいたはずです。

さまざまな思惑で仕向け導いた社会の状態に原因がある義務とか強い願望とかに由来する「思い込み」から脳を自由にできなくなった結果として、異常気象、食糧危機、そして飢餓を導いた場合、それは遺伝子に影響を及ぼし得るのです。状況に合致していない思惑で仕向け導いた社会の状態が、遺伝子に影響を及ぼし得るのです。そのことはエピジェネティックスの研究を介して分子生物学的に今日詳しく突き止められようとしています。

今日の投資による明日の利得の獲得に固執する脳の状態を原因していることとか、一層の便利さと一層の快適さの追求に固執する脳の状態を原因していることとかには、地球環境の安定的継続性の維持のため修正が求められます。もちろん、そうしない選択を望むことは、文明の安定的継続性の維持に関わる困難への直面に覚悟を持つという意思表示になります。テクノロジーは人間の欲望を支える活動ですが、サイエンスは、地球環境の安定的継続性の維持のため困難を回避する道をＩＰＣＣの報告書として照らし出す役割を負っています。状況に合致していない道の選択を許す「思い込み」から脳に自由をもたらす役割をサイエンスは負っています。さらに、そのような役割を、少なくとも哲学と学びが負うということを否定する人間はいないはずです。「思い込み」から脳を自由にして現行の状況を認識し直す脳の活動自体について分析し、それを最もよく知っている哲学の役割は大きいです。

文明の安定的継続性の維持の自覚とエガリテ

多様性の受け入れとともにエガリテが受け入れられることを励まし讃えるためのスポーツの国際フェスチバルとして、ジュゾランピックは開催されています。地球上の各地域の社会においてフェアに共存することができる状態の確立は重要です。そのために、所持物の違いがもたらす貧しさを何かで補える状況に進み出せる道が、意識によっても社会システムによっても照らし出されるべきです。意識が脳に何を認識させるかを決め、それに依存して、地球上に形成された経済的モザイクのパターンがどのようなものかを脳に認識させます。互いに尊重し合える精神的なエガリテが少なくとも実現されるために、そのパターンはフェアに認識されるべきです。

ケインズによれば、人間の脳は、経済システムの実態に関心を持たず、経済システムの動向を人間たちがどのように解釈しようとしているかを分析したがるものだということです。活動の目的とその意味を明確にさせるために、経済システムの実態を誰かが分析する必要があります。今日、その役割はスーパーコンピュータに託されているはずなのです。経済システムの実態とそれが表す客観的意味とを見失ったままの状態は、望ましくないリスクを高めるとケインズは指摘していました。そのことをＡＩのエンジニアが理解していないわけがないのです。

文明の目的には、哲学の目的と学びの目的を具体化させる作用があります。哲学の目的と学びの目的は、協力して文明の目的の具体的形成を助ける作用があります。文明の目的の細部には、当然、医療の目的が含まれています。COVID-19のパンデミックは、2020年当初、「医療の目的とは」を問う事態を医療現場の多くの医療従事者に突きつけていたことが報道に現れていました。命の重みは年齢とともに軽くなり戦場で軽くなり偏見で軽くなります。限られた医療資源や財源という状況も、命の重みから等しさを失わせ、それに順位をつけなければならない状況を生み出させます。そこに導く差異と公正さとの関係を問い公正さを具体化することが求められることになります。公正さを導く「思い込み」と偏見を導く「思い込み」とには明らかな違いがあります。公正さを導く「思い込み」に達するためには、少なくとも偏見を導く「思い込み」から脳を自由にし、開かれたニューロンネットワークの活動を助ける必要があります。それを助けることに哲学の目的の1つがあるはずです。もちろん、サイエンスの目的の1つもそのことにあります。

しかし、人間の欲望と結びつくテクノロジーの目的は全く異なるところにあります。投資家や会社や公にとりテクノロジーの目的は、社会に存在する不足、不満、不安、あるいは楽しみと結びついている「思い込み」に対して何らかのテクニックを実現し提供することです。テクノロジーの利用に依存した利得の獲得および便利さと快適さの追求に向け意識が極度に凝り固まったとき、テクノロジーの利用方法が倫理の見地から人間社会において問題をしばしば発生させてきました。そもそも、テクノロジーの使用には避けられない不具合のリスクがどんなに小さいとしてもあり、それはゼロにはなりません。テクノロジーの目的は、そのようなリスクと欲望とを比較して受け入れられたとき達成されることになります。

今日の投資による明日の利得の獲得を義務として、そして願望として固執することは、避けられない不具合のリスクを過小評価する心理状態を許します。今日の投資により明日の利得の獲得を義務として、そして願望として固執する脳の活動が、惑星環境の安定的継続性の維持とわたしらを含む生き物の生存を単純に許すはずがないのです。惑星環境の安定的継続性の維持と生き物の命の重みの等しさとが、義務感としてではなく倫理観として人間の脳に知覚されなければ、人間の欲望に基づくテクノロジーの利用は社会に富の偏りと不安かつ不安定さをもたらす可能性を高めることになります。

インテルとフェアチャイルドセミコンダクターの共同創始者であるロバート・ノイス（1927年12月12日―1990年6月3日）はマイクロエレクトロニクスがどんどん複雑化し洗練されていくことを確信していました。インテルではCPUや各種制御に用いられているマイクロプロセッサの発明をノイスは監督していました。テクノロジーの利用が特定の人間のためにではなく、地球環境の維持を含め、ひとりひとりにポジティブな恩恵をもたらすために、「思い込み」からの自由を脳に許す基礎となることに力を注ぎ込まなければならないと、ノイスは認識していました。しかも、ノイスは、次の世代においても高度な技術が社会の繁栄を確実に支えるために、全ての人間が、貧しさに影響されることなしに高度な学びを受ける機会が用意されているべきであることを常々訴えていたのです。そして、ノイスの亡き後、ノイスの遺族らは、数学とサイエンスに関する学びを助け能力を伸ばす目的でノイス財団を設立させたのです。

2021年12月現在、世界全体の個人資産の37・8パーセントを上位1パーセントの人間によって所有されています。この状態が社会の安定性に貢献しているとは思えなくも、タックスヘイブンはその状態の維持を助けています。タックスヘイブンは倫理観の極小化を助け社会への貢献の極小化を助けています。タックスヘイブンというシステムを受け入れることは、カーブでスピードを落とさない選択と同じ意味を持ちます。

今日の投資が明日の利得の獲得につながることがない投資であっても、結局、それを行うことによって社会の安定性が高められれば、文明の安定的継続性の維持が可能になります。ノイス財団の活動に見られるような投資の意味の重要性はそこにあります。未来を見通すことを日々心掛けている投資家の皆さんの優れた脳であれば、容易にその重要性を認識できるはずです。

COVID‐19パンデミックの拡大抑制に貢献しているメッセンジャーRNA（mRNA）ワクチンがどのようにして製造が可能となったかを思い出すことは重要です。それができれば、今日の投資が明日の利得になる投資だけに向かうことを要求する「思い込み」から脳に自由をもたらせるはずです。そうすれば、開かれたニューロンネットワークの活動は、惑星上の各地域の社会事情に対する倫理的受け止めに向けて、社会の倫理的役割に向けて、社会における会社の倫理的役割に向けて、そして地球環境の継続性の維持に向けて、可能となるはずです。

今日の投資は明日の利得獲得を許さなければならないという「思い込み」だけから形作られた社会からは、mRNAワクチンを製造するテクノロジーが生まれることはありません。そのことを、パンデミックは投資家にも公にも会社にも理解させたはずです。パンデミックが許した理解を人間おのおのの脳へ継続的に届け続け、今日の投資が明日の利得獲得に結びつく結果に固執する脳が抱える「思い込み」からの自由を脳に許すために、哲学と学びが負う役割は大きいものがあります。

義務と願望のため現行の状況と合致していない判断を誘導する「思い込み」から脳を自由にし、開かれたニューロンネットワークの活動に基づき現状を認識し直すことはいつでも必要なのです。開かれたニューロンネットワークの活動を脳に導くことを助けることに難しさがあるとしても、人間には哲学を行い、倫理を理解する脳があります。わたしらとは異なるのです。

人間の脳が直面する宿命を超えて

量子力学の確立によって定量的説明と予測ができる原子や分子の振る舞いに対する解釈に関するちんけさや温度変化に原因した物質の相転移現象を扱う熱力学における自由エネルギーと重力などの力学現象を扱うポテンシャルとをない混ぜにしているちんけさ、それらのちんけさが鬱陶しいものの、フランスの哲学者シモンドンの指摘には気づかせるものが伴っています。すなわち、模範的問題に対し模範的解答を見出すということに特化された脳の活動方法では、模範の枠に収まらない物事に対し解答を見出すことはできないということです。先読みができなことに対し苦言を呈しても、人間が自負している人間の脳の能力をわたしはよく知っています。それは、物事の変遷の速さを予測できないほど加速させているものは何かを正しく認識し直すことができる脳を持っているということです。また、模範の枠を超えていくための脳の働かせ方を知った脳を持っているということです。地球の環境が維持されわたしらが野良をやり続けられることも、テクノロジーの利用に支えられたものの売り買いが継続されることも、社会における哲学の意味が維持されることも、文明を維持しようとする明確な意志さえ人間が持てば、全てが可能になります。

忠実であることは美徳であるということに起源がある義務が発生させていること、願望が単純に発生させていること、義務とも願望とも無関係に気づかずに発生させていること、および現行の義務と願望によって原因される将来でありながら考える理由さえ失われている将来のこと、それらが抱える問題性へ具体的に対応することがいつでも求められています。ただし、現状の受け止め方の狭さとその狭さが原因したアミグダラの活動の異常な活性化とを放置し、その活性化が脳に導く意志に基づいて下す判断は避けなければならないことです。その判断を下す脳の活動には、オキシトーシン分子の作用が妨げられている可能性が高いからです。その作用なしには社会の成り立ちも文化の形成も導かれません。アミグダラの活動の活性化に対抗してアミグダラの活動の活性化を拮抗させるという手段での社会の安定化の形成はあり得ないです。それらの拮抗の上に築かれた均衡ほど不安定で危険な均衡はないのです。

また、都合の良い少数の事象に関する当面的な配慮に止まる判断からの利得の獲得や便利さと快適さの追求に重要性を求める多数の意志があってさえ、そのような意志を尊重できない局面は、より多くの事象を考慮したときには、出現し得るものです。しかも、多数の意志が関与すればするほど、より良い判断への変更が難しくなるという人間の脳が直面する宿命があります。なぜ、それをより良い道に向け判断を変更できなかったのかというようなことに関しては、身の回りや世界の出来事の中にあるいは歴史の中に幾らでも例を見つけることができるはずです。それゆえ、文明の安定的継続性を維持し望ましい道を照らし出すためにサイエンスやジャーナリズムは事実を示し、哲学と学びはそのような道の歩き方を届けるべきなのです。

今日的テクノロジーの発展に寄与すること

学びを含め経験を通して培ってきた認識は惑星上に文明を長続きさせるために必要な知恵を含んでいます。しかし、それが完全であるという「思い込み」は、実態あるいは実体に近づくための脳の活動の自由を奪ってしまいます。実態あるいは実体に近づくために、あるいは本質に近づくために認識の不完全さを脳は察知しておく努力が必要です。それを察知していればこそ、脳の活動は本質的描像に近づくためにためらいのない判断を可能にするのです。それゆえ、望ましくないテクノロジーの使用に頼って見当はずれを導く可能性に対して、「思い込み」から脳に自由が導かれることを許す情報をサイエンスは提供し続ける役割を負うのです。

ただし、何らかの今日的リスクを顕在化させる原因はサイエンスに頼る姿勢にあると哲学者は非難しています。確かに、今日的テクノロジーの開発段階において、「思い込み」からの自由を脳に許し導かれたサイエンスの気づきに、人間は頼りきっているという状況を見出すことができます。

原子が特別な規則を伴って3次元の配列構造を形成した状態が結晶であり、ダイヤモンドとサファイアは電流を遮断する優れた能力を持つ結晶です。半導体と呼ばれるシリコン、ゲルマニウム、窒化インジウムガリウム、セレン化亜鉛などの結晶では、不純物となる原子を意図的に混ぜ込むと電流を遮断している状態から電流を透過させる能力が不純物原子の性質と量に依存して引き出されます。金、銀、銅、鉄、などの金属は電流をよく透過させることができる能力を持つ結晶であり、その結晶を構成する原子の原子核を取り巻く電子が取り得る軌道のうち、最も外側の軌道に収まった電子は隣の原子から隣の原子へとエネルギーを必要とせず移動ができます。

半導体の結晶を構成する各原子では、トラップされた状態にある電子がその状態から自由に動ける状態に飛び移るために、半導体を構成する原子に特有なエネルギーが必要です。そのようなエネルギーの最小値は、半導体を特徴付ける極めて重要な量です。半導体を構成する原子によって決まるその重要な量、半導体を構成する原子の化学的性質、そして元素周期律表から摘出され不純物として混ぜ込む原子の化学的性質、それらに依存して、半導体はマイクロチップの製造に利用されたり発光ダイオードの製造に利用されたりしています。原子の実在の受け入れ、そして元素周期律表と電子の量子力学の助けに基づいて、さまざまな半導体の結晶を用いた工業製品の開発が可能になっているのです。

20世紀の初めまで、原子は仮想の存在にすぎないという強い「思い込み」が多くの優れた科学者や優れた哲学者によって支持されていた事実があります。しかし、ほんの少数の科学者の好奇心に支えられた原子の実在の確認が、今日のテクノロジーの獲得を可能にしています。この事実を投資家も、会社も、社会も再認識できるはずです。

以前から大きなポテンシャリティーがあると研究者が気づいていた量子コンピュータ技術には、CPU用のマイクロチップ開発に携わってきた研究者も、価値があることに気づいていているはずです。量子コンピュータ技術には、量子現象を発生させる素子の製造が不可欠です。その製造は、量子力学の考え方を持たずには行えません。「思い込み」から自由になれる人間の脳には、その素子の進化に向けて障害はないです。

近年における、分子生物学に関する目覚ましい研究の進展は大勢の人間が認識している通りです。しかし、RNA分子を直接扱う分子生物学に関わるテクノロジーへの関心に関して、十分に高まっていなかった事実をCOVID-19パンデミックは明らかにしました。論文としてサイエンスがもたらしている最先端の研究成果を利用することに関しては、何の障害もなく、それを無償で利用することができます。サイエンスの最先端の研究成果を今日的テクノロジーの発展に結びつけられるかどうかは、資本投入する側の意識と意志に関わっていることです。

熱力学第2法則からの要請

数多くの因子が相互に影響を及ぼし合っている状況下で、期待する効果を導き出そうとある活動を行った場合、否応なしに目的以外の効果も導いてしまいます。この現象は熱力学第2法則として知られている物理現象です。伴わざるを得ない目的以外の効果が持つ意味は、それが何であっても、今日の投資による明日の利得の獲得および一層の便利さと一層の快適さの追求、それらへのこだわりが強いほど、重みがなくなります。

利得の獲得、便利さの追求、そして快適さの追求という目的の達成のために行う活動に由来するＣＯ２の生成と放出は、温室効果を一層高め、異常気象の発生を許してきました。人間の活動は、地球環境の安定的継続性の維持や文明の安定的継続性の維持を難しくすることに関するリスクを、ＩＰＣＣの報告書が示唆するように高めています。人間は、ＣＯ２の生成と大気中への放出以外にも、プラスチックごみの発生後に生じるマイクロプラスチック汚染に対しても、10万年超の安全保管が必要な高レベル放射性物質の発生に対しても、今日の投資による明日の利得の獲得および一層の便利さと一層の快適さの追求、それらへの欲求の強さの見地から、対応の重さを軽視してきました。しかも、気象現象と結びついているCO2の生成と放出とに関しては、地球環境が自然に吸収処理するという暗黙の前提に基づき、その問題性の波及を軽視し続けてきました。

最近では、地球環境の安定的継続性の維持を脅かしつつある痕跡が、確認され続けています。南極、北極、およびグリーンランドを含む極地圏での氷量の減少、ヒマラヤやアルプスでの氷河の縮小、亜熱帯系昆虫や植物の生息域の北上、シベリアの永久凍土の溶解と大気中への温室効果ガスであるメタンの放出、珊瑚の白化現象、暖流系魚類の北上、など変化が顕在化してきています。

地球環境の安定的継続性の維持がなくて、文明の安定的継続性の維持はあり得ないという事情を覚悟しなければなりません。人間個々の営みの目的は文明の安定的継続性の維持によって許され、文明の安定的継続性の維持は、人間個々の意識に依存した営みの目的とその営みの質に依存しています。そのような相互依存性から社会形成に託された目的が姿を現し、社会形成に託された目的は、地球環境の安定的継続性の維持と社会のために公が果たすべき倫理を具体化しています。

姿を現した社会形成に託された目的は、また、会社が社会に対し果たすべき倫理を具体化しています。結果として、投資家が社会に対し果たすべき倫理を具体化しています。それは、物を買いそして物を廃棄し再び物を買いそして物を廃棄することを、副作用の発生を覚悟して繰り返す大量消費こそハピネスの源泉であるという「思い込み」を単純に許すこととは異なります。1つのシステムから何の副作用もなしに主たる作用のみを導き出すことはできないということは熱力学第2法則として示される物理現象なのです。

地球環境という生命システムの中で人間が利得、快適さ、および便利さのために何かを実行するならば、期待すること以外の作用も発生させてしまうのです。そのような作用によって導かれる効果が無視できないものになってきている現状は、人間の今日的欲望の質とその強さに対し再考を求めてきています。それゆえ、期待すること以外の作用がもたらす効果を抑制するため、人間は幾つかの国際条約を既に取り決めているのです。

廃棄物の取り扱い（バーゼル条約）：主たる作用のみへの関心と結びついた「思い込み」が許す権利が原因している多量のごみの山の中から何かを探し出し生活している人間の子供たちと彼らの生活が、地球上の貧しい地域にはあります。その生活は野良をやっているわたしらより惨めです。そのような副作用の現れを無視して文明の安定的継続性が維持できるという「思い込み」があるならば、それを単純に肯定することはできないはずです。そもそも、そのごみの山から流出したプラスチックごみは広く海洋に広がり、それが砕けて生じたマイクロプラスチックは多くの海洋生物の身体の中から検出されています。

海洋には既に1億5000万トン以上のプラスチックごみがあると推定されています。経済協力開発機構（ＯＥＣＤ）の報告書によれば、2019年のプラスチックの年間生産量は4億6000万トンであり、2019年のプラスチックごみの発生量は年間3億5300万トンに上り、河川や海などの水環境への流出量は年間610万トンに達しています。そのうち、海への流出量は年間170万トンと推定されています。「有害廃棄物の国境を越える移動およびその処分の規制に関するバーゼル条約」という国際環境協定には、187ヶ国が締約国となり、それは、人間の健康と環境を守るために有害廃棄物やその他の廃棄物に関する移動および処分を規制するものとなっています。2019年5月10日、ジュネーブで、プラスチックごみの扱いを加えたバーゼル条約の修正が、約180ヶ国の政府により採択されました。今日では、法的拘束力を持つ規制の対象にプラスチックごみの扱いが加えられているのです。

有害化学物質の取り扱い（ロッテルダム条約）：有害な化学物質や農薬を適切な目的に、適切に使用しようとしても、何もしなければ不適切な使用が行われるリスクをゼロに近づけることはできません。先進国において禁止もしくは厳しい規制により管理されている有害な化学物質や農薬が、有害性に関する知識とそれに基づく倫理観が十分でない開発途上国などへ輸出された場合、健康被害や環境汚染が引き起こされる可能性が否定できません。そのような不具合の発生を防ぐ目的で策定された条約が、ロッテルダム条約です。その正式名は「国際貿易の対象となる特定の有害な化学物質および駆除剤（農薬）についての事前のかつ情報に基づく同意の手続き（ＰＩＣ）に関するロッテルダム条約」であり、この条約への締約国は161ヶ国です。ロッテルダム条約は国連食糧農業機関と国連環境計画により共同運営され、締約国は国際貿易の対象となる化学物質を安全に管理するための法的責任を負っています。

有害な化学物質や農薬の危険性に関わる情報を提供し合い、また条約の対象物質に関しては、輸出国は輸入国に対して事前に危険性に関わる情報を通告することが規定されています。輸入希望国は条約の対象物質に関する輸入の意志を事務局へ伝え、事務局は輸入希望国の望みを取りまとめて全締結国へと連絡することになります。対象物質を輸出しようとする国は輸入希望国の望みに従った取り引きをしなければならず、自国の輸出業者に対しては安全性の確保を目的とし順守させるための法的もしくは行政的な処置を講じることが求められます。また、輸出者は輸入者へ安全情報を提供しなければなりません。必要があれば適当な技術の提供も行い安全性を確保することが求められます。

残留性有機汚染物質の取り扱い（ストックホルム条約）：南極に生息するペンギンの身体から、たとえ微量とはいえポリ塩化ビフェニール（ＰＣＢ）という化学物質が検出されたと報告されたことがあります。ＰＣＢは脂肪と親和性が高く、体内に取り込まれると排出されず蓄積され続けます。ＰＣＢの主たる作用は、快適さの追求と便利さの追求に大きな貢献をしたことです。当然、それは利得の獲得にも貢献したはずです。ＰＣＢは電気的絶縁体油として熱的にも化学的にも安定な熱伝導媒体油として変電設備や家庭用電化製品を含めさまざまな工業製品に使われていました。また、ＰＣＢは塗料やプラスチックの添加剤などとしても使われていました。日常の暮らしの中でも、電力設備を含む工業生産現場の中でも、ＰＣＢは広く使用され、人間の欲望を支えていたのです。

ＰＣＢ以外にもさまざまな有機化学物質の使用が、快適さの追求と便利さの追求に貢献をしてきました。しかし、主たる作用としての快適さと便利さの実現以外に、副作用として、有機化学物質による地球規模での汚染の広がり、生物体内の脂肪組織への蓄積、発がん物質としての振る舞いなども導いたわけです。汚染物質となった有機化学物質が、生態系をかく乱し人間の健康を脅かすまでになった事実は既に知られている通りです。レイチェル・カーソンの『沈黙の春』（新潮文庫）は、主たる作用以外に副作用の発生があるという事実へ留意すべきことを今後も警告していきます。

環境中に残留し続け、脂肪組織と親和性が強く体内に蓄積しやすく、そして毒性が高い有機化学物質は「残留性有機汚染物質（ＰＯＰｓ）」と呼ばれ、「残留性有機汚染物質に関するストックホルム条約」のもとで規制を受けています。ＰＣＢやダイオキシンは、この条約の規制対象となる物質です。同様に規制対象である「ペルフルオロオクタン酸」は、フッ素樹脂加工の調理器具や食品加工機材の製造のほか、繊維、カーペット、紙、塗料、泡消火剤の界面活性剤などとして幅広く用いられてきた工業化学物質です。この物質に化学構造が類似した仲間が５０００種類近くもあり、便利さと快適さのために大きな貢献をしてきた有機化学物質です。ＰＯＰｓが体内に蓄積すると、がんや出生異常、免疫・生殖器系の機能不全、病気に対する感受性の増大、中枢・末梢神経系の損傷など、健康への深刻な影響を及ぼすリスクが高まります。ＰＯＰｓは人間、魚、わたしら猫など生物の脂肪組織に蓄積し健康に有害な影響を及ぼす高いリスクを持つ有機化学物質です。ストックホルム条約は法的拘束力を有する条約であり、この条約の締約国は１８２ヶ国からなり、締約国はＰＯＰｓの環境への放出を廃絶または削減するための措置を講じるよう求められます。

外部から体内に栄養素を取り込むことなく生体に共生する微生物の働きで硫化物やメタンをエネルギー源として生きている特殊な二枚貝が深海にいます。そのような二枚貝であるシンカイヒバリガイ類から、微量とはいえＰＣＢが検出されていました。２０２１年11月22日の国立研究開発法人海洋研究開発機構プレスリリースにそのことが報告されています。

二枚貝からのＰＣＢの検出は、環境中で分解されにくく、生物の身体の中に蓄積されかつ害を及ぼすＰＣＢなどの残留性有機汚染物質（ＰＯＰｓ）が、深海に集まるはずという考え方を裏付けたことになります。しかも、ＰＯＰｓを吸着したマイクロサイズあるいはナノサイズのプラスチックを取り込むことにより二枚貝がＰＯＰｓによって汚染されるはずという予測が確認されたことになります。

ＰＣＢは、１９７０年代に国際条約や法令により生産および使用が中止された有機化学物質です。ただし、ＰＣＢの厳格な廃棄措置の義務付けが定められたのは２００１年になってです。PCBが環境中に漏れ続けていた実態は、期待した主作用に伴った副作用の1つに相当することです。

熱力学第2法則が指し示すことは、望む主たる作用を引き出そうとすれば必ず波及してくる望まない影響があるということです。望む主たる作用とその効果のみに関心を寄せて、利得の獲得と便利さと快適さの追求のみに偏った「思い込み」から脳が自由になれないとすれば、人間の脳の活動は、地球環境の安定的継続性の維持を脅かします。その脳の活動は、文明の安定的継続性の維持をリスクに晒していることになります。

何がどのように波及し、どんな影響を生み出すことになるのかについては、「思い込み」から脳を自由にし、開かれたニューロンネットワークの活動を許して、認識される必要があります。これまでに締結してきた条約を考慮すれば人間には地球環境の安定的継続性の維持に関わる条約を締結できる能力が備わっているのです。文明の安定的継続性の維持に向け人間が強い意志さえ持てば、地球環境の安定的継続性の維持が可能になるのです。そうすれば、わたしらは安心して野良をやっていられることになり、他の生き物たちの生存も守られることになります。

たくさんのことを知りそれに頼るだけになれば、「思い込み」から脳を自由にできず開かれたニューロンネットワークの活動を難しくします。また、知らないままでよしとして物事への関心を失えば、「思い込み」から脳を自由にしても、開かれたニューロンネットワークの活動を許すことが難しくなります。今、人間の脳に対し開かれたニューロンネットワークの活動が求められている課題は、欲望の強さに従い地球環境の安定的継続性を見捨て気候変動を含めさまざまな副作用を受け入れる覚悟をするか、または地球環境の安定的継続性への関心を高め気候変動を含む種々の副作用の食い止めに努力するか、いずれを選択するかについて応えることです。その結果に依存して、わたしらを含め多くの生き物の運命が決まります。わたしにできるわたしの小さな努力は路上で生き延びるために日々知恵を使うことです。

あとがき　思い込みを超えて未進化脳の呟き

生まれて1ヶ月ほど経ったときカウラは筆者の仕事部屋に兄弟たちとともにミニョンに咥えられてやってきました。カウラと兄弟たちは筆者の膝下でミニョンからミルクや餌をもらい育ちました。独り立ちできるまでに成長したときマイティーが戻ってくるようになり、全員が散り散りになりました。飼い犬のハンを連れ、散歩で彼らそれぞれのテリトリーに入り彼らの名前を呼ぶとあちらこちらの路地から姿を現し、筆者の家まで行進することがあります。カバーの写真はそのときに撮ったものです。

思い込みから自由になれれば人間という生き物は争いを避ける能力を持つはずです。親和的に対応処理する能力も持つはずです。さらに物事を緻密に分析し論理的かつ合理的に処理する労を惜しまなければクリエイティヴィティーも発揮できるはずです。そのような特別な生き物にカウラには見えているはずです。しかし、優れた脳が思い込みからなかなか自由になれない状況に対して、自分たちと変わらないところがあるとカウラは感じているはずです。

皆既月食と惑星食とが見られるという強調された報道は地球から宇宙空間を眺める習慣を象徴するものです。宇宙空間から人間を含む生き物の振る舞いと地球の状況とを眺める習慣が生まれれば、その習慣から知覚できるものは、従来の習慣が培う思い込みから自由になれる機会をもたらすはずです。もちろん、脳の外から脳の活動を見ることは人間にはできることです。それができる人間に、願望と地球環境との関係を理解できないわけがないとカウラは気づいているはずです。

ルクレチウスの考える姿勢はサイエンスの研究に取り組む際の脳の活動方法に関する手本であると寺田寅彦が絶賛していたことを指摘してくれたのは山崎秀彦氏でした。本書を執筆するにあたりとても参考になりました。ここに感謝申し上げます。梅林清一氏には、初期の原稿に目を通してもらい、複数の表現に関してコメントを送ってもらいました。ここに感謝申し上げます。また、今回も文芸社の宮田さんには編集でご苦労をおかけしました。宮田さんに感謝申し上げます。

著者プロフィール

金子 哲男（かねこ てつお）

1953年千葉県生まれ。

古典流体の対相関関数の二相関関数和表現、非格子型パーコレーション、荷電粒子クラスターや非荷電粒子クラスターに関するフラクタル次元、二相関関数に基づく気液相転移解釈、非相対論的高密度量子流体の熱力学的振舞いなどの理論的研究。米国物理学会、The New York Academy of Sciences、The American Association for the Advancement of Science、米国化学会等の会員。日本物理学会、日本化学会、日仏哲学会等の会員。

既刊の著書『科学することと気づき　物質に分け入る先人の道より』（文芸社、2009年12月15日発行）、『ぶっ壊ればあさん』（文芸社、2014年8月15日発行）、『自由にならない脳を抱えても　―ぶっ壊れ脳の呟き―』（文芸社、2019年2月15日発行）

思い込みを超えて　―未進化脳の呟き―

2023年2月15日　初版第1刷発行

著　者　金子 哲男
発行者　瓜谷 綱延
発行所　株式会社文芸社
〒160-0022　東京都新宿区新宿1－10－1
電話　03-5369-3060（代表）
03-5369-2299（販売）

印刷所　株式会社フクイン

ISBN978-4-286-28007-3